Gaea

GAEA

特殊傳說 II
恆遠之書篇 07
護玄——著

特殊傳說 II

恒遠之書篇 07

目錄

特殊傳說Ⅱ

THE UNIQUE LEGEND

恆遠之書篇

登場人物介紹

Atlantis 學院

姓名：褚冥漾（漾漾）
年級/班別：高中二年級/C部
性別：男
袍級/種族：無/人類（妖師）
個性：非常普通的男高中生，個性有點怯懦，不太敢與人互動。

姓名：冰炎（學長）
性別：男
袍級/種族：黑袍/燄之谷與冰牙族後裔
個性：脾氣暴躁、眼神銳利。不過是標準刀子口豆腐心的好人～
目前狀況：甦醒歸隊

姓名：米可蕥（喵喵）
年級/班別：高中二年級/C部
性別：女
袍級/種族：藍袍/鳳凰族
個性：個性爽朗、不拘小節，喜歡熱鬧。非常喜歡冰炎學長！

姓名：雪野千冬歲
年級/班別：高中二年級/C部
性別：男
袍級/種族：紅袍/？
個性：有點自傲，知識豐富像座小型圖書館；討厭流氓！兄控!?

登場人物介紹

Atlantis學院

姓名：西瑞．羅耶伊亞（五色雞頭）
年級/班別：高中二年級/C部
性別：男
袍級/種族：無/獸王族
個性：個性爽朗、自我中心。出身於暗殺家族，打扮像台客。

姓名：萊恩．史凱爾
年級/班別：高中二年級/C部
性別：男
袍級/種族：白袍/人類
個性：個性隨意，存在感低、經常超自然消失在人前，執著於飯糰！

姓名：藥師寺夏碎
性別：男
袍級/種族：紫袍/人類
個性：個性淡泊，不喜過多交談，是個溫柔的好哥哥。
目前狀況：從醫療班逃跑中

姓名：席雷．阿斯利安（阿利）
年級：大學一年級
性別：男
袍級/種族：紫袍/狩人
個性：友善隨和，善於引領他人。

姓名：靈芝草（好補學弟）
年級/班別：高中一年級/C部
性別：男
種族：人參
個性：初入世界，所以很容易受到驚嚇，但是在奇怪的地方也有小聰明。

姓名：哈維恩
年級/班別：聯研部　第二年
種族：夜妖精
個性：種族自帶暗黑的陰險反骨天性，但對於認定的事物相當忠誠、負責。
平日也很認真在學習上。

登場人物介紹

其他

姓名：式青（色馬）
性別：男
種族：傳說中的幻獸．獨角獸
特色：能化為獸形或是人形
個性：只要美人希望我怎樣我就怎樣～

姓名：休狄．辛德森（摔倒王子）
種族身分：奇歐妖精族的王子
性別：男
袍級：黑袍
個性：看重血脈、家族、榮譽，厭惡隨便打交道。

姓名：九瀾．羅耶伊亞（黑色仙人掌）
身分：醫療班，鳳凰族首領左右手
性別：男
袍級：黑袍、藍袍（雙袍級）
個性：科科科科科……

姓名：黑山君
身分：時間之流與冥府交際處的主人
種族：不明
個性：不太有情緒起伏，性格相當謹慎細膩，偶爾會很正經地捉弄訪客。
特別說明：喜歡好吃的東西。

姓名：白川主
身分：時間之流與冥府交際處的主人
種族：不明
個性：看似大而化之、易相處，但心中自有衡量，很多事情都看在心中。
特別說明：喜歡會飛的東西，例如白蟻（？）

姓名：褚冥玥
身分：大二生，漾漾的姊姊
性別：女
袍級/種族：紫袍/人類（妖師）
個性：直率強硬，很有個性的冷冽美女。異性緣爆好！

登場人物介紹

其他

姓名：重柳族
身分：？
種族：時族
個性：非常正經認真、死守種族任務，
但思考並不僵化、能溝通。

姓名：安地爾
身分：耶呂鬼王高手
種族：似乎是鬼族（？）
個性：四分的無聊、四分的純粹惡意、一分的塵封友情、零點五的善意、零點三的不明狀態、零點一的退休狀態、零點一的觀光。
特別說明：最近都在泡咖啡。

姓名：泰那羅恩
身分：冰牙族大王子
個性：認真嚴謹、極富氣場
特別說明：因某些因素，目前為冰牙族首席精靈術師與戰士團團長。

姓名：殊那律恩
身分：獄界鬼王
個性：安靜少言，偶爾會隨意地捉弄人
特別說明：曾為冰牙二王子，「變化」後，為與自己境況相同的種族們打造了安身之所，以自己的方式守護重要的人事物。

姓名：深
身分：大陰影
個性：性格堅毅，但也會寂寞
特別說明：喜歡百靈鳥的歌聲，極力鼓吹某精靈唱歌，屢失敗！

第一話 界限

滴答……滴答……

不知道什麼時候，我的周圍變成了一片黑暗，有好一陣子沒能反應過來自己在哪裡，還有「我」是誰。

記憶似乎還陷在那古老的畫面當中，然而即將深入黑暗世界之後，許多回憶戛然而止，訊息消失；細微的水滴聲點點傳來，接著聲音逐漸轉大，如同細流般的水川靜寂卻又不斷活動發出聲響。

眼睛稍微習慣黑暗後，我才注意到其實這裡不是想像中的深黑，而是略微能辨識物體輪廓的黑藍，幽幽黯淡的光源來自不遠處。掙扎爬起的同時，我赫然在有點距離的彼端看見一個……如果沒看錯，應該是個洋娃娃吧？

莫名其妙有個洋娃娃擺在那邊，因爲四周有點暗所以看不太清楚細部，不過大致上可以知道是個精緻的布娃娃，有著金色頭髮和華麗的洋裝，很典型的那種小女生會喜歡的樣式。不過這種娃娃擺在這裡實在有點不太對勁。

我敲敲腦袋，感覺自己的意識慢慢回來了，存在於腦中的那些不論是二王子還是鬼王的回憶皆快速褪色，沒有剛才彷彿自己就是對方一樣的鮮活，畫面迅速變成了電視節目般，宛如他人經歷的存在。說眞的，這種感覺的確有點怪，雖然明明知道本來就是別人的記憶，不過又像是親身體驗過，很難形容那種複雜的感覺，總之，就是整個人都變得怪怪的。乍脫離時還有點朦朦朧朧，精神和身體狀態都不太舒服。

而且清醒後我才發現身上濕漉漉的，聽到的聲音沒有錯，我整個人半躺在水裡，手伸下去摸了摸沒摸到底，但是也沒因爲體重而沉下去，只詭異地漂浮在水面上。

回過頭，與我的狀況不同，有點距離的洋娃娃竟然完全沒有沾到水，別說漂浮了，它根本是「站」在水面。

瞬間我的頭皮炸了下，發麻發麻的，還沒麻完，就聽到洋娃娃方向傳來很詭異、根本就像鬼片一樣的女孩子笑聲，不懷好意，可能下一秒會上演鬼娃娃殺人的那種電影音效。

「嘻嘻嘻嘻嘻……」

還沒笑完，娃娃「唰」地下突然消失了。

現在是什麼狀況！

「你醒……」

「哇啊啊啊啊啊啊啊——!」

肩膀由後被拍了下之際，我的尖叫聲同時爆出，接著整個人彈跳起來，踩著水直接往前跑了好幾步，不知爲何，我就跟電影上那些被鬼追的人一樣，做了找死般的動作——回頭。

黑暗漸漸褪去濃重色彩，周圍明亮了起來。

然後我看見一張很酷且沒有任何表情，簡稱「面癱」的標準狂霸帥臉正對著我。

如果不是因爲我是妖師一族，我感覺這個陰影應該會把我一巴掌拍進水裡面，然後用力地按下去。

「你清醒了嗎。」

好像剛剛完全沒發生被我尖叫聲驚嚇到的事，陰影冷漠又鎮定地收回手，用如同目空一切，包括連我都快被目空的態度對著我看。「閉上嘴巴，原地坐下來數到十。」

不知道爲什麼，我眞的就乖乖坐下來，在水面上也沒沉下去，很乖地默數到十；整個人冷靜許多後，這才發現自己的身體好像變得有些輕鬆，而且多了一點說不出的……力量感?

與之前不太一樣，是眞的感覺自己變得很有力，抬起手都覺得手上好像有一股什麼氣流在飄動，一捏下去便散開，但很快又重新聚集在我身邊；有種說不出的舒服感覺，連帶地我好像也隱隱約約看得出來眼前的男人是個比我更有「力量」的存在，就像一團高密度壓縮能量。

如果說先前看見的是深不見底，現在再看，雖然依然是深不見底，但好像能大略知道是個怎樣的深不見底法。

接著是整個暗色空間，雖然轉亮了不過還是偏昏暗。這個空間也是某種力量凝結形成，而且是讓我感到有點懶洋洋的舒適力量，包括底下的水都是某種「黑色能量」匯聚而成，我都覺得隨手一撥可以從裡面撈出不少東西來吸收。

雖然感覺很舒服，但是我整個手臂都起雞皮疙瘩了，本能地認為這種變化有點恐怖，而且似乎有看不見的危險；但是在覺得毛骨悚然之餘，心裡又有點奇怪的興奮感湧上來，總覺得自己可以多吸收一點水流的力量，走出這裡之後可以支配這些東西，掃掉一些讓我覺得很不順眼的傢伙。

不知怎地，有了這個念頭後，我感到自己的某個部分開始蠢蠢欲動，變得不像自己平時的思考模式，整個人有點炸毛。

怎麼回事？

被鬼王的回憶影響了？

不不，這種變化我很清楚，更久之前，接觸了黑色的古代陣法後，也有一瞬間湧上這種感覺，後來有段時間我整個人很焦躁，那種焦躁之前得到很多人幫忙壓制，現在卻變成了一種舒服又興奮的感覺，冷靜下來以後，想要撈起力量去破壞點什麼的情緒開始鮮明了起來。

我的理智讓我一秒就知道狀況不對，我整個人都不對勁，但本能卻不太想抗拒這種想法，很想要一反先前什麼都不能做的焦躁感，釋放自己不知道有多少的力量。

我感覺……不想忍受煩心事。

不不，這樣不行，亂搞的話時時刻刻會被學長給打死的。

搗著又開始混亂起來的腦袋，我糾結了。

可是我好像有了不少力量，學長眞的能打死我嗎？還是會相反？

這個想法猛一出現，我的冷汗也跟著冒出來。

然後我抬起頭，陰影始終站在原地，冷冷地看著我，沒有任何感情，也沒有什麼指引，就只是看著我，跟看路邊的一顆石頭一樣。同樣的視線我曾感受過，就在精靈族之中。

「不論再怎麼僞裝，我們的天性即是毀去萬物。」

陰影的話噹的一聲，在我混亂的腦子裡好像敲響了什麼。我瞬間突然想到了很多，比如會被學長揍，比如一直擔心我的千冬歲和喵喵等人，比如在家裡等我的老媽和冥玥……

「怎麼回事？」一想起身邊的人，我好像稍微可以壓下想衝出去打壞點什麼的興奮感，接著連忙用有點發抖的手往臉上用力拍幾下，讓自己更清醒些。

「白色種族與生俱來的思考方式是由生而起，黑色種族的則是以死爲始。」陰影冰冷地開口，不過話挺多的，很萬幸地沒有簡略用字。「簡單而言，白色種族本能思考是萬物的生，黑色則是思考世界的死，解除你身上所有的封印與抑制，回歸最原始的狀態之後，你只是順應自己的天性想法，不用太驚訝。」

不，我很驚訝，眞的。

原地又待了一會兒，我確認自己已控制住那種衝動情緒後，再次抬頭對上陰影的目光。

似乎也在等我沉澱的陰影點點頭，然後開口：「有人在等你。」

「欸？」這麼一說，醒來之後似乎完全沒有看見其他人，這裡只有我和陰影，沒見到賽塔或是學長，更別說鬼王了。爲什麼我會單獨被丟在這裡和陰影一起？

「因爲他們來這裡太傷身。」好像看穿我在想什麼的陰影，扔來不明不白的一句話，接著扭頭就走。

我當然只能乖乖跟上去，畢竟這個地方雖然給人感覺很舒服，可是還是有種毛毛的悚然感，更別說好像還有個消失的鬼娃娃，誰知道會不會突然從哪裡跳出來上演經典恐怖片。想到這邊，我趕緊加快腳步，很神奇地踏在水面上跟著陰影朝某個方向離開。

邊走著，腳下的水流隱約又傳來滴滴答答的聲音，好像在看不見的地方一直有水滴落在緩慢流動的水面上，不過聲音時有時無，沒仔細聽也不太讓人在意。

又走了一會兒，我們似乎逐漸脫離水流區，第一眼看見的是在灰暗的空間彼端出現了「岸」。黑色的砂礫地面什麼也沒有生長，只散落幾根看不出是什麼生物、奇形怪狀的灰色骨頭，上面附著一層淡淡的黑色力量感，很稀薄，好像摸一下就會散開。

「竊夢魔，上次闖入時太過無禮，所以被擊殺，留下的骨骸還未散化，上面是此地凝結的力量碎粉。」走在前方的陰影扔來幾句話。

其實嘛，這個陰影好像沒有我想像中那麼酷，和之前的沉默寡言不太一樣，與鬼王記憶裡的也不太相同，總的來說，似乎還滿友善的，居然還會幫我講解路邊的東西，簡直好相處！

雖然這麼想，不過陰影馬上又陷入閉嘴當蚌殼的最高境界，以不快不慢，正好可以讓我牢牢跟著的步伐一直走走走。在大片黑色砂礫上走了一小段時間後，終於開始出現黑色的樹，簡直像上了一層鐵甲的黑色樹枝糾結彎曲，像極女巫的魔爪，給人一種一邊把玩手指，一邊構思邪惡計謀的怪異感覺。

通過了小片爪子樹林，最後看見的是一間與周圍非常格格不入的小木屋。

沒錯，就是小木屋，超級普通、可以在小村莊裡看見的那種溫馨小木屋，甚至還有手工籬笆和幾個種植綠色植物的盆栽呢。

這普通的小木屋就建造在黑色砂礫與利爪樹林的盡頭，又或者是入口……看起來應該是入口，感覺是從這裡出發一直走向水流的，現在陰影只是帶我折返回來而已。

根據這些人的標準流程，估計那間屋子裡現在已經準備了安定身心健康的食物或飲料，接著學長等人也會在那邊出現，跟著開始對我進行一番演說洗禮，讓我知道剛剛那個水流是什麼東西，順便講解一下我解開封印之後會面對的現實，我估計還會依照各種套路程序一條龍發展，再提個我身體的變化巴拉巴拉的……

嗯，可以稍微掌握自己未來發展的感覺還眞不錯啊。

畢竟我也遇過不少事情了呢！

雖然還沒有進入木屋，不過我深深覺得我這個人果然是有成長的。

也因爲如此，我完全沒有反應過來我在陰影示意下推開門後看見的人事物，尤其是人，看見屋內的人我整個呆滯了三秒，然後把門給關上。

我深深覺得我幻覺了。

肯定是幻覺。

絕對是幻覺！

……

……

那個人根本不應該會出現在這種地方的啊啊啊啊啊啊啊——！

對著門板在心中發出無限迴圈慘叫後，我深深吸了一口氣，再吸一口氣，又用力地吸一口氣。

重新做了下心理建設之後，我抬起手準備推開門，幾乎同時，木屋的門自己開了。

「怎麼了嗎？」帶著微笑，讓我最熟悉不過的面孔還眞的出現在小木屋門後方。不是我預想中的學長，不是賽塔也不是鬼王，更不是夏碎學長……

爲什麼妖師一族的族長會出現在這裡啊！

彷彿不知道我內心有多麼震驚的然，俊秀面孔上帶著的依然是以往那種很隨和的淡淡笑容，一點都不覺得妖師首領出現在鬼王領地這件事情有多奇怪……不不，應該說有多可怕，尤其是我後面還有一個超高濃縮可能會隨時毀滅世界的陰影。

這到底是什麼畫面？

為什麼看完別人家的回憶電影之後，迎接我的人畫風整個不對了？

說好應該是學長或他的拳頭呢？

話說回來，妖師首領出現在這裡好像也沒有不對，以進攻世界為前提的話。

「你在那裡發什麼呆，還不快點進來。」

沒好氣的聲音從妖師首領後頭傳來，因為剛剛太震驚門關得太快，以至於我忽略了他身後的另外一人，一個讓我一樣驚嚇的人，不過已經被然嚇過一次了，所以在看見冥玥的臉之後，我反而感覺到可以接受。

我很好，真的。

——你們兩個為什麼會在這裡啊啊啊啊啊啊！

「等回神了叫我們。」冥玥直接坐回小木圓桌邊的矮椅，像在自家一樣端起茶水，很悠閒地啜了一口。

「我回神了。」深呼吸讓自己覺得世界更美好，我硬著頭皮跟在然身後走進小木屋。

一踏進溫馨的木屋我立刻感覺不對，這裡的氣氛與外面的鬼族獄界完全不一樣。獄界的空氣是血色濕黏，有如一層讓人發毛的薄膜怎樣都弄不掉；而一進入這間木屋，那種血腥氣味便一掃而空，周圍空氣變回我熟悉的、像是正常世界的乾淨空氣。

「這裡是空間交會點，由鬼王與我一同給付黑山君代價臨時搭建而成。」然淡淡地說明，剛才的親切微笑也消失了，取而代之的是種讓人覺得很疏離的威壓感。「我很想親自見見插手妖師一族內部事務的人。」

冥玥一雙漂亮眼睛掃過來，我跟著一抖，然發飆是什麼樣子我不太清楚，但是從小到大冥玥快發飆之前看起來都是這種很冷靜但是眼神超恐怖的模樣，雖然我很少惹到她，不過小時候常常看她把一些欺負我的小孩按在地上打到哭爹喊娘連滾帶爬逃走，甚至連向父母告狀都不敢，當時就很常見她這種神情。

我吞吞口水，從頭皮發麻變成全身發麻。

只是木屋裡除了然和冥玥以外，我就沒看見和妖師一族相關的其他人了，他們兩個這樣單獨殺來找鬼王安全嗎？到底他們那邊發生了什麼事情，以至於得找上黑山君來這一手？

而且……

往後看了一眼陰影，不知道爲什麼，然他們似乎沒有對陰影做出任何反應，難道他們不知道這是大陰影嗎？我這種程度都可以分辨得出來了，我不信他們會無動於衷。

被他們搞到有點混亂之際，小木屋的門又打開了，這次走進來的人我倒是完全不意外。

「坐吧。」

搞得好像什麼大學生聯誼聚會的殊那律恩，端著莫名其妙、毫無違和感的披薩盒走進來，另一手還提著汽水瓶……我覺得我無言了，完全不知道該對拿著正常食物的鬼王悠悠哉哉晃進來這件事有什麼評論。

然和冥玥可能也有點莫名其妙，兩個人用匪夷所思的目光看了眼披薩和汽水，不過很快就恢復正常。

殊那律恩大概也發現了不對勁，看了看我們，又回過頭看向陰影，幽幽地開口：「你不是說大學生會談要帶這些東西嗎？」

「嗯。」陰影竟然還點頭。

……

……？

我說兩位，你們絕對搞錯了什麼。

絕對。

就算大學生聯誼會帶披薩炸雞可樂還有薯條鹹酥雞，但是我們家這兩個再怎麼說都不是一般大學生啊！

第一個反應過來的是然，他想了想，站起身，表情變得相當愼重。「是我們失禮了，原來您是位這樣的鬼王。」

「……」我看著然，不知道爲什麼眼皮抽了一下。

「我讓族人準備炸雞或者鹹酥雞過來。」然張開手，一小圈通訊法陣繞了出來。

快住手啊！你們夠了！

醒醒！這根本不是聯誼！

※

坐在溫馨小木屋中唯一的圓桌之前，我端正筆挺地坐好，然後正經嚴肅地不敢多說一句。

即使桌上的鹹酥雞和披薩再怎麼散發香味，我還是很認眞地沒伸出手。有時候覺得自己可能經過了某些考驗和地獄，殊不知一山還有一山高，地獄邊上永遠有地獄等待著你，如同人生千萬變化那麼猝不及防。

能想像放滿一桌平常我超想吃的披薩、炸雞鹹酥雞，外加可樂汽水，還有不知道爲什麼跟著被挾帶進來的漢堡薯條，這些很難抗拒的速食在散發著香氣，但是卻完全不能動手，有多麼令人內心掙扎嗎。不能動手的原因當然是桌子的左邊坐著一臉冰冷的大鬼王和可以摧毀世界的陰影，然後右邊坐著同樣可以毀滅萬物的妖師首領和可以毀滅我的首領親戚、就是我姊，被雙方夾在正中間的就是剛剛錯覺好像有了強大力量，然而根本還是條鹹魚的我。

在肚子餓的時候，這簡直已經成爲了某種修羅場。

到底爲什麼鬼王會覺得這是大學生會談啊？你以爲你是大學教授和學生家長開會嗎？戰戰兢兢的同時，我突然還眞的有種家長被老師喊到學校聊天的恐怖感。

「請用吧，否則這些生物的死亡便會無意義了。」鬼王一臉正經地開口。

「您也請吧。」然還眞的很順從地拿了一塊披薩，不過沒有自己吃，而是放在盤子裡附帶熱騰騰的炸雞腿遞給我。「漾漾，不用客氣，餓了就吃吧。」

這時候然看起來又像先前給我帶綠豆湯那種溫和大哥的感覺。我點點頭，就在鬼王波瀾不興的冰冷注視，以及然的關愛眼光中，內心流著眼淚默默地作爲第一個開咬的人，然而我完全不明白爲啥自己要在這種時候成爲第一人，我覺得不管是這場「僞・鬼王大學生聚會」，或是我坐在兩位王者中間吃炸雞的行爲，應該都已經是前無古人了吧。接著然也給冥玥遞了一些，對面的陰影給鬼王倒了汽水，氣氛莫名其妙就緩和下來了。

所以炸雞和汽水果然是聯誼必備、緩和氣氛的利器嗎？

「你吃吃看。」鬼王隨手戳了一塊肉往陰影那邊塞過去，也不知道他是無心還是有意的，總之我看見那塊是雞屁股，不過陰影也沒抗拒，就這樣把雞屁股吃了。

我深深認爲我可能是世界上第一個看見陰影吃雞屁股的人了，說出去大概不會有人相信，感覺今天我得到了很多世界上第一個的畫面呢。

見其他人眞的吃了起來，我也很努力地跟著開吃，撇去旁邊的成員好像哪裡不對這點來說，這些披薩炸雞眞的好吃，不知道他們從哪裡買來的，炸雞皮酥肉嫩鮮美多汁，鹹酥雞不遑多讓，披薩也很美味可口，吃著吃著我還差點忘記正事，被美食完全撫平了剛剛嚴重受創的心靈。

不過用餐過程中我也發現一件事情，鬼王從頭到尾完全沒有吃過一口食物，最多就是陰影給他倒汽水，然後倒可樂，接著又倒汽水……這畫面看起來，如果不是食物有毒，用他原本的身分思考……

素食的鬼王嗎？

……好、好喔，鬼王吃素也不是不能理解，畢竟人家原本是精靈，所以完全說得通。

欸不對，可是他吸血啊？

我沉默地又咬了一口雞腿，決定讓自己沉浸在美食裡面短暫遠離現實。

時間就在這種詭異的氣氛中莫名流逝，而且我們還真這樣吃了個飽，等到桌上食物被掃得一點都不剩，陰影與冥玥不約而同地站起身把桌面收拾乾淨，再次擺上散發著淡淡香氣的溫暖茶水。

「那麼，開始談正事吧。」刻意斂起一身陰冷氣息的鬼王動作優雅地拿起茶杯，少掉威壓和殺氣之後，殊那律恩看起來平和很多，而且莫名露出一種好像可以親近的感覺。

見鬼王撤去威脅，然和冥玥對看一眼，也從警戒狀態中放鬆下來，重新擺出我平常熟悉的樣子，這讓我鬆了口氣，覺得應該不會消化不良了。

「不知道鬼王為何要撤去妖師一族的術法。」同樣拿起茶杯，然淡淡地看了我一眼，沒有什麼特別的情緒說道：「同為黑暗種族，或許您可以理解妖師一族的處境。我們花了很大的力氣才在現在的世界中安定下來，也已經取得部分種族的體諒與包容，為我的族人設下封鎖也是出自於保護，鬼王如果介入，這會給我們帶來很大的麻煩。」

「喔。」鬼王很隨口地應了一聲。

「……」

我覺得殊那律恩很可能就是傳說中的句點冷場王。

輕輕地放下水杯，鬼王抬起血色的眼眸，開口：「妖師與我無關，我珍惜的人請求我協助，我只是因此回應而已。」說著，他也往我這邊看了眼，接著回頭迎向然若有所思的目光，「況且，他身上的東西太雜，還不如弄乾淨。」

「我明白你的意思，只是……」然微微皺起眉，露出一種我很難形容的神色，感覺上就是很……爲難？

然爲什麼會覺得爲難？

還沒等我想出個所以然，鬼王再度出聲，而且這次字數非常多：「千年前我爲精靈術師，千年後我爲黑暗術師，雖然並非頂尖，但是去除了妖師先天之力的凡斯力量在我面前並不值得一提，同樣繼承這份力量的你們也皆是。我知道你與旁邊那位女孩隱藏了什麼，這並不是能夠永久藏起的祕密，時間越久，反彈會越大，就算布下再多封印，暗藏再多人監視也避不了，你們兩位在那日跨越了界線，選擇不讓他一起或許是個錯誤，不是嗎。」

鬼王一番話說完，然和冥玥的臉色同時有點波動，但兩人都沒有在第一時間回話，只用一種很可怕的眼神看著鬼王，好像眞的被他知道什麼不得了的祕密，這讓坐在旁邊的我也跟著緊張起來。

「你知道黑暗種族的界限嗎。」鬼王看著然，對他有點失禮的眼神沒有表達出什麼不滿，還是那種雲淡風輕的態度。

「世界歷史、時間軌跡，屬於白色時不干預發展，我等諸輩被賦予終結世界混亂並指引邁向新生之職；而軌跡屬於黑色時，便統領黑暗種族平衡混亂。」然迅速恢復冷靜，同時回答了殊那律恩的問題，「現在為白色種族世界，被光所照耀，所以我們不插手世界，而是隱藏自己等待時間到來。」

「大部分種族都如此理解。」殊那律恩淡淡彎起唇角，雖然只有瞬間，不過讓他看起來更親和了不少。鬼王與旁邊的陰影對看一眼，說道：「這些年我們在六界旅遊，雖然主要是為了尋找某些事物與辦法，不過也經歷了不少。」

然瞇起眼，等待鬼王繼續說下去。

「所謂的界限，並非黑與白的分別。不論是白色種族或黑色種族，也僅僅同為生命罷了。不論神界或是守、原世界，甚至六界，為了能夠永恆運轉，必定會出現相對面。守、原世界目前屬於白色種族時間，自然會懼怕並憎恨擁有一切威脅的黑暗，但也因此而強大。然而屬於黑色種族的獄界和妖靈界不也是如此嗎，如果擁有毀滅兩界力量的白色種族、例如神族，出現在此處……」鬼王微微偏著漂亮的頭，血色眼眸閃過一絲詭異流光，「難道不也是妖師一族般的存在。」

黑色種族擁有破壞世界的力量，也曾以這份力量在歷史上發動各式各樣慘烈的戰爭。反過來說，闖入黑暗兩界並掀起聖戰的白色種族不也是相同的存在嗎。

不曉得爲什麼，我腦袋裡好像突然閃過某些畫面，不過速度太快了，沒來得及分辨出來。

「我們遊走六界這千年以來，確實看過白色種族在妖靈界與獄界發起過聖戰，而聖戰之火也確實埋藏在黑暗世界當中；同樣，黑色種族也正在神界與地界潛伏，襲擊各方。時間歷史如此，反覆輪轉，妖師一族確實遭到迫害，但也別忘記遠在那之前的數千年，黑暗種族掀起的聯合戰爭。而結束世界時，妖師一族將帶領黑色種族手刃無數生靈，當中必定也有無辜純潔者。」鬼王冷淡的聲音還是沒有什麼情緒，彷彿就是在述說著課本上的紀事，「精靈族也爲此失去不少生命呢……」

後面那段話說得很輕，如果不是因爲我很緊張地仔細聽，可能也會忽略掉。

「所以您心中的界限如何？」然露出若有所思的表情，好像正在考慮著什麼。

「生，滅。」鬼王很直接地回答了兩個讓我覺得很莫名其妙的字。

「……我明白了。但是我依然不喜歡有人對妖師一族內部的事務插手。」然抬起頭，臉上的表情已完全恢復成平常的隨和親切，不過依然沒全然放鬆戒備。「如果有必要如此，麻煩下次請先知會我，畢竟我才是妖師一族的首領。」

「嗯。」鬼王又是很隨意地應答了一聲。

雙方的會談好像到此告一段落，雖然我基本上聽得一腦袋霧水，不過大致上知道內容。而且讓我隱約感覺到有點背脊發冷的是，我總覺得他們的談話好像和某個討人厭的傢伙曾說過的話有點相像。

「那麼，僅剩的時間先讓給三位使用。」似乎不打算再多閒談，鬼王站起身，「有機會的話，或許能夠換個方式與地點聊聊。」

「我很期待那一天。」然露出微笑，這次是很友善的微笑。

不曉得為什麼，雖然他很警戒，但我可以感覺得出來，然對殊那律恩的印象好像變得很好，貌似眞的想改天約出來吃飯聊天，不過想到那畫面又讓我整個人抖了抖，感覺有點可怕。

鬼王離開之後，跟在後面的陰影突然在門前止步，接著回頭看著我們，最後把目光放在然身上。「妖師一族的眼界不能只侷限在此世界，守、原總有一天會自白色種族手中顚覆，但是妖靈、獄界同樣也會反轉，六界亦同。通過界線的精靈們早就明白，相對應的妖師一族……靠你了。」

「謝謝。」然點點頭，對陰影行了一個非常愼重的禮。

點點頭，陰影隨之離開，還順手帶上門，把空間留給我們。

※

鬼王的氣息完全消失之後，室內本來有點沉重的氣氛也跟著散去。

我鬆了口氣，正想和突然出現在這裡的冥玥他們講講話時，兩根潔白的手指直接出現在我臉前，然後用力擰住我的臉，劇痛一秒爆開。

「痛痛痛痛——」

「還知道痛啊！渾蛋！你出門之前不會先和我們商量一下的嗎！」冥玥很用力地扭住我的臉，我痛到腦袋一片空白，只聽到恐怖的魔女姊姊爆出凶殘的低吼：「你很閒嗎！閒到沒事幹嗎！隨便去找個什麼種族練拳頭不行嗎！從精靈族鑽進獄界鬼族會不會跨幅太大了一點嗄！」

「冥玥，好了，這也不是他的主意。」然有點苦笑地勸止，大概是怕我姊直接把我的臉撕開，人很好地起身拉開想把我按在地上打一頓的大美女，「雖然出乎我們意料之外，不過這確實對冥漾是好事。」

我摀著真的痛到腫起來的臉，淚眼汪汪地看著很想衝過來把我剝一層皮下來的冥玥，她現在超級生氣，而且完全沒有打算掩飾，凶殘的力量感震盪空氣，我根本不敢反抗，瑟瑟發抖縮在桌子邊。

嗚嗚嗚嗚……主謀不是我啊……

「嗯，也是，別人出的主意。」冥玥當然沒有把然也一起揍下去，立即恢復原本的氣質美女模樣，還露出唯美的夢幻笑容，不過後面的話很恐怖，「看來他也很閒，閒得都可以幫你安排人生了。」

學長，對不起了，不過我覺得你應該扛得住的。

「外人插手的事情壓後再說吧，我們在這裡有時間上的限制。」然微笑著坐回椅子，「最多也只能再使用三十分鐘左右。」

從然的簡單說明中，大致上就是我們進入獄界後，哈維恩因為與我失去聯繫，不顧精靈的封鎖硬是送出消息給然；同一時間，妖師首領也察覺自己設下的術法被人截斷，甚至清除，所以然和冥玥很快找上黑山君，付出了某些「代價」聯繫鬼王。

比較出乎他們預料的是，鬼王這方竟然回應了，同樣付給黑山君龐大的代價，竟讓黑山君替他們在這裡設下了臨時的空間交會點，不在獄界也不在我們熟知的世界，而是在時間長流的隱蔽處，只要使用時間到了，空間瓦解之後自然會被時間沖刷，裡面發生過的一切同樣會完全消失，不爲外人所知。

具體上，鬼王交付了什麼珍貴事物才能做到這樣的地步，然和冥玥也不清楚。

不過他們倒是知道鬼王會有這種手筆的一部分目的是什麼。

大致上聽完前面發生過的事情之後，讓我感到崩潰的是——

既然你們都交換了代價在這裡設立會面所，就不要把珍貴的時間拿來吃炸雞啊啊啊啊啊啊啊啊——！有事嗎！哪家會付出代價在這種地方吃炸雞喝汽水的你們告訴我！

我覺得有點想吐血。

喔不，是眞的很想吐血。

這個聯誼餐的場地費好貴喔。

「冥漾，你過來。」然彷彿沒看見我蒼白的靈魂都快要飛出去的石化臉，笑笑地朝我招招手，我連忙走過去，還要小心冥玥可能會揮過來的拳頭。「既然你身上的封印都被清除，那麼先前的限制也都被撤銷……鬼王的用意我大致上清楚，不過我還是要將某些術法重新放回你身上，尤其是攸關妖師一族安危的封印，你明白嗎。」

「嗯。」我點點頭，然的顧慮我一直都知道，人家要放我也沒辦法就是。

只是說起來也奇怪，總覺得看一趟鬼王的回憶電影後好像知道了很多事情，對某些事物的想法似乎也比以前清楚了一點，是因爲那時候感覺自己和二王子幾乎合爲一體的關係嗎？

不過醒來之後很多記憶馬上褪去了，沒辦法完整記住與消化，只殘存一點點……倒是很可惜，畢竟在觀看那些記憶時，其實還出現了超級多的術法咒語，都是千年前很珍貴的訊息啊！

怎麼我就沒有一個超人腦袋可以完全記住所有的資訊呢……

超強的精靈術師記憶就這樣白白浪費一大半，欲哭無淚，唉。如果換成然或是冥玥去看有多好，搞不好他們會學一大堆東西回來。

就在我感到落寞和幫自己點了三根蠟燭的同時，然沉默地完成了自己的工作。

雖說是把一些封印放回來，但是我現在完全可以感覺出來好像和以前很不一樣，先前老覺得心浮氣躁什麼都學得不是很好，現在則是突然覺得身體輕鬆很多，好像少了很多箝制自己的東西，具體也說不上來，就是感覺變了不少。

「我只重新將壓抑情緒和獵殺對妖師一族不敬的死咒放回你身上，既然鬼王有意讓你自己成長，那麼時間應該也到了，我和冥玥會在妖師一族的主家等你，屆時我們會告訴你當年所有的眞相。」然嘆了口氣，拍拍我的肩膀。「不知道現在解除你的控制是否正確，與三王子的孩子幾乎是同時去除了你們的抑制進而甦醒血脈，會是巧合嗎……」

「誰知道呢。」冥玥嘖了聲。

我看著他們，不知道然和冥玥還有什麼重要的事情必須告訴我，而且還得回本家說，感覺好像有點嚴重，不由自主這樣想的時候，眼皮跳了跳，我低下頭，盡量讓自己不要太緊張，以免又亂想一些有的沒有的，萬一實現就悲劇了。

「你先回鬼王那邊吧，鬼王應該還有其餘的事情要交付你們。」然收回手，「時間也差不多了，我和冥玥先回去了。」

「等一下！」猛一回神，我突然想起陰影的事情，比起我自己，那個超大的陰影才更加要讓妖師們注意的吧！畢竟陰影和妖師根本就是一體的。「你們沒有發現剛剛那個男的……」

然豎起手指，放在嘴前，微笑：「時間未到之前，他什麼都不是，那僅僅是鬼王的友人，你只要記得這些就好。」

妖師首領的話語雖然很柔和，不過已經有點命令意味。

白陵然完全知道自己剛剛見到的是什麼，卻一點回收的意思都沒有。我突然驚覺，殊那律恩肯耗費極大代價偕同妖師首領在此建立會面點，最大的原因就是「深」了吧。

從頭到尾，他們只是在這裡吃炸雞聯誼，白陵然甚至沒有開口問過關於陰影一絲一毫的事情，任由鬼王領著人來，領著人走。

妖師首領一點收回陰影的意思都沒有，至少在時間到來之前不會，而且也沒打算讓除了我們三個以外的妖師族人知道。

「有時候，一份不滅友誼的陪伴與成長，更勝於我們將此收回，無意義地封印白費時光，希望你記得。」白陵然看向我，漂亮的眼中有一絲幽幽的微光，好像不是他自己的，又好像是屬於他的，帶著些許不易察覺的悲傷。「直到時間到來之前，那些經歷都是屬於他們的，沒有人可以剝奪。」

「我明白了。」低下頭，我對自己之前還在想要不要通知然來回收的念頭有點不太好意思。

「那麼，我和冥玥在家裡等你回來。」

然微微笑著，重新打開大門。

第二話　血脈甦醒

離開屋子之後，有一小段時間我都在思考然和殊那律恩先前的談話。

扣除一些他們似乎仍有意藏著的部分外，其他大致上我也能夠理解，就是鬼王的界限實在是很模糊。

生和滅的界限，換句話來說不就只是「看我爽不爽」而已嗎？

欸不，人家是大鬼王，那兩個字一定有更深層的意義，肯定不是我這種世俗凡人想到的那種淺薄意思。

抓抓腦袋，我嘆了口氣，不過比起這種很哲學的思考，眼下在我面前有個更嚴重的問題。

「這是哪裡啊喂……」

鬼王和陰影先閃人了，然和冥玥走異世界回家了，然後我離開屋子之後才知道自己被一堆高手給放鴿子，目前腳踩在完全陌生的地方，一臉茫然。

你們知道我是第一次來這裡嗎各位大哥大姊大鬼王？

眼前一片望去無盡頭的黑色樹海，與我來時看見的風景截然不同，空氣恢復成獄界濕黏的血腥味，隱約可以感覺到樹海裡有很多沉重的力量感……先前看到鬼族的樹林時還沒什麼感覺，現在居然能夠很明顯察覺出內有不少惡犬正在虎視眈眈地等待入侵者。

所以現在是得自己走回去嗎？

不知道等鬼王他們想起來我是第一次來這裡要多少時間。

摸摸手環，幸好米納斯和老頭公的回應很正常，可以感受到他們充沛的力量，這一次清理封印之後他們兩個似乎也有點不太一樣了。

米納斯的水氣比以往還要清澈，幻武大豆傳來一股清涼的觸感，光是摸著，便感到提神許多；而老頭公則是給我一種似乎變得更堅固的感覺，似乎在平常的防護上提升不少。

還在思考他們的變化時，附近突然傳來細細的笑聲。

「嘻嘻嘻嘻……」

聲音不大，但也不算很小，就是那種讓人討厭的、剛好能聽清楚的音量，笑聲稚嫩，給人感覺像是小女孩捂著嘴巴在角落偷偷笑著，還順帶激起一堆雞皮疙瘩。

笑聲持續了好幾秒，接著我發現了相應的黑色力量，挾帶一縷邪惡、一點點不友善，還有一絲惡意，不過似乎沒有敵意。順著力量傳來的方向看過去，在昏暗的天色中，果然在右側方一棵乾枯捲曲變形的樹木後，隱約看見了探出的小腦袋與半邊身體，是很眼熟的東西——

洋娃娃。

我清醒那時在奇怪的水面上看見的那個洋娃娃。

金得讓人有發亮錯覺的大波浪頭髮，白皙的臉蛋及藍寶石一般的眼睛，一身精緻且剪裁合身的白色洋裝，上面還繫著緞帶與小小的布花。如果這娃娃不是擺在這種地方，我一定會覺得是個超級昂貴的高級藝品。

可惜它現在出現在這裡，不管上看下看左看右看，就是一個鬼娃娃。

第一次看見那時，它消失得太快了沒能仔細打量，現在娃娃就這樣扶在樹幹後面做恐怖片特效，反而可以清楚看見飄浮在它周身的淺淡黑光，看起來滿純粹的，就是一層黑色力量似的東西包圍在它四周，感覺超級不好惹。

「嘻嘻嘻嘻嘻嘻……」

說眞的，它再這樣原地笑下去、不做點什麼的話，就一點都不恐怖了。

「米納斯。」抬起手，咒語之後水氣在我掌心上集結，基本上和我想的差不多，水之力量比以往快速聚集，而且米納斯幾乎立即就被我握在手上，槍身上除了覆蓋細密的濕潤氣息以外，還附著上一絲黑色的奇異力量，很有可能是身上封印清除、整理後出現的東西。總之多出來的力量沒有讓我感覺哪裡奇怪，很自然地知道是屬於自己的，米納斯似乎也不反感，很安靜

地吸收了，原本小小的槍身變得比以往大了一點。

一看見幻武兵器，那個鬼娃娃寶石般的眼睛整個一亮，也不躲在樹後面了，整個蹦出來，發出甜美可愛的小女孩嗓音。「你要打架嗎？你很想打架嗎？你是不是想要在這裡打一架？要死嗎？可以讓我殺死嗎？你快點先動手這樣我就可以殺死你了對吧？」

帶著一連串問號的洋娃娃快速朝我逼近，形體也完全顯露出來，基本上，它的大小和嬰兒差不多，靠過來之後可以更明顯看出它身上的所有縫製都出於精細的手工，還有不少細碎寶石裝飾，整體具有高經濟價值，不過鑒於它八成會殺人這點，那個經濟價值就沒了。

「妳是什麼東西。」讓老頭公加固我的保護，我看著停在五步遠左右的洋娃娃，它的雙腳開始離地向上飄浮，視線逐漸與我平齊，一雙深邃的藍色眼睛上居然出現了血色光澤，感覺超級不友善。

「我叫伊麗莎。」洋娃娃倒是回答了自己的名字，然後竊竊笑著，聲音依然嬌俏動人，「快點攻擊我吧，快點朝我開一槍，我好不容易才把你弄出來的，不要讓我失望了。」

弄出來？

洋娃娃的話讓我覺得好像哪裡不太對。

正想要用上強力膠把它黏在樹上好發問時，米納斯和老頭公突然對我發出警告訊息，同時我也察覺到好幾個尖銳的黑色力量朝我們這邊快速俯衝過來，是那種很深沉冰冷的邪惡感，就像獄界的空氣一樣，黏稠又充滿血腥味。

「嘿嘿嘿嘿嘿嘿……」洋娃娃終於發出不同的笑聲了，這次變得很囂張，像在看好戲般，這種笑法和五色雞頭打算幹壞事時有七、八分像，所以我立刻知道它一定和五色雞頭一樣是沒事找事、有事搞成大事的那種可惡類型。

「米納斯，直接把它黏了。」對這種傢伙根本不用客氣，我朝旁邊開出一槍，那個娃娃當然也瞬間打開防禦，不過米納斯的強力膠最終對手設定的是學長這個大暴龍，所以除了有加快速度與增加角度的刁鑽度外，還帶有破壞防禦術法的基礎力量；當然，那個破壞防禦術法是我自己在圖書館查的，反正也不知道效果怎樣，在學校拿來打別人時好像還能用就沒改了。

洋娃娃可能沒預料到幻武兵器的力量，又或是它覺得一發子彈不可能打傷它，總之米納斯牌強力膠噗的一聲直接把洋娃娃打到旁邊的樹上，那個唯美高價的娃娃整個啪唧像某種害蟲般四肢張開呈現大字形完全貼在樹幹上無法動彈。

自從清醒之後，我的腦袋好像也比之前清楚許多，吸收了一點二王子的知識和過往，我隱約可以分辨出來對我擺出包圍網的是幾名黑術士。

二王子當然沒有讓我觀看全部的記憶，只挑了一些重點記錄播放，很多地方還快速跳過，我所知的大概就是他遇到陰影前後的事情，從精靈族離開後發生了什麼完全不曉得，所以對這個獄界什麼都不知道，包括最後他們去找精靈王做什麼也沒有播出來，鬼王就只想讓我知道他和陰影那一部分的事情吧，過於私事之處仍保留很多。

雖然只有部分記憶，而且很多地方隨著醒來之後變得相當不清楚，不過也足以讓我記住黑術士那種獨特的氣息了。

之前沒有發現，現在透過二王子還是精靈時體驗到的那種對精靈而言特別明顯的強烈血腥味，讓我印象非常深刻，混著被控制的黑色術法力量，以及四周響起的細小竊竊私語聲，都是黑術士出現時會帶來的，難怪之前其他人很快就可以知道來的是黑術士，看來從這邊回去之後，我應該也可以稍微認出不少這個世界的怪東西了吧。

分心思考的同時，黑術士已經到了。

一共有四個人，全穿著一樣的破舊斗篷。

黑暗同盟的標準打扮。

※

「怎麼會有人類在這裡？」

黑暗同盟的黑術士好像也很意外，正如我不知道他們爲什麼會出現在這裡，看到我一臉驚訝的模樣。

「小子，剛剛這裡是不是有其他東西。」黑術士其中一人走上來，十分不友善地開口：「快說，你會好死一點。」

……總之就是個說不說都會死的選項吧。

我想了一下，雖然沒有學長他們那種會偷窺別人想法的力量，不過這些黑術士估計是被洋娃娃剛才放出的氣息吸引過來的，可是洋娃娃好像也沒強大到會一次吸引一堆黑術士過來吧？更別說是黑暗同盟的黑術士，如果是萊斯利亞他們還有可能，難道這個洋娃娃剛才還做了什麼會引來黑術士的事情嗎？

但至少可以確定一點，他們雙方肯定不是一夥，就不知道洋娃娃是獄界什麼地方蹦出來找麻煩的。

還在思考問題時，老頭公一陣細微的騷動，接著我好像聽見一股窸窸窣窣的細語試圖鑽進我的腦袋，老頭公正在抗拒不友善的入侵，並且居然讓他抗衡住了。

黑術士那邊立刻傳來更不友善的氣息，連個招呼都沒打，直接往我甩了一記攻擊法術過來，估計他們也沒打算跟莫名其妙出現在獄界的人類說太多話。我只看見黑色的光在我面前猛地張大，冰冷的殺意直接貼到臉前，接著便是撞上老頭公防禦壁的哐一聲，黑光活像有實體一樣回彈，啪嗒一聲掉回黑術士四人腳邊。

這下子黑術士那邊全都不好了，八成不曾看過自己的術法被防禦壁反彈回去，四人殺氣一齊炸出，還附帶殺人名言：「與黑暗同盟作對就該死！」

「米納斯，六號彈。」反正不是在守世界，應該不會被有的沒有的東西察覺吧。我吸了口氣，放鬆身心順從先前剛醒來時的那股蠢蠢欲動，直接凝結好力量往米納斯身上裝填；凝結的速度比之前快很多而且很輕鬆，以前得要專心一會兒，現在居然馬上就可以感覺到子彈準備完成了，米納斯反而沒有我驚訝，只傳給我很清冷又理所當然的態度。六號彈就這樣往其中一名黑術士身上打出去，隱約還可以看見子彈上混入一絲絲黑色的線光。

黑術士們嗤笑了一聲，完全不把子彈放在眼裡，一揮手直接拉出防護。

不過抱歉了哼哼哼哼，要逃避學長殺人的子彈大多不是殺傷性質的。子彈還沒打上防護術法就先在空中爆開，接著一大片黑色黏膠鋪天蓋地地噴炸在黑術士們的防護壁上，深黑瞬間擋住他們的視線，我又連續補了幾槍，然後才換子彈，「交給妳了。」這次打出去的是帶著水氣的平常用子彈，正好在黑術士們發火撤掉黑乎乎防護，並且瞬移他處那瞬間打進他們手臂上——米納斯的水彈也會跟著轉彎，不偏不倚打在他們轉換位置的手上。

一連串動作下來，我注意到自己沒有之前那種力量消耗很多的感覺，似乎現在凝結子彈和使用米納斯突然變得很輕鬆。

「你身上封印撤除的緣故。」米納斯的聲音輕輕淡淡地在我腦袋響起，一如往常，「既然不再被壓制，甦醒的力量會越來越多，畢竟妖師一族的直系血脈也天生帶有血統傳承力量。」

所以過兩天會變得像學長一樣強嗎？

「……人家那是後天有刻苦修練。」我的幻武兵器毫不留情吐槽我。

重新把視線放回黑術士身上，其實我不覺得剛剛那擊會傷到他們啦，畢竟那是其他人都覺得很棘手的黑術士，基本上我現在該做的應該就是全力逃命才對。果然，被打到手臂的黑術士們雖然手上出現了一個洞，但是一滴血也沒有，傷口瞬間就癒合了。

他們沒有說話，不過老頭公又震動了，看來又擋下了一波精神攻擊，接著黑術士們臉上很一致地出現了「找死」兩個字。

好喔，該開溜了。

甩出了水彈，混合力量的新子彈在黑術士抓狂前炸開，直接帶出巨大水幕，轟隆隆的水聲在我們之間拉出水壁，我爭取時間讓米納斯消除樹上的黏膠，一把拽住洋娃娃的衣領把它從樹上一拔，然後拔腿逃命。

為什麼要攜帶洋娃娃我也不知道，反正它和黑術士不是一夥兒的，萬一它有什麼力量被黑暗同盟拿走，可能會變得很麻煩！

不過才剛跑了一小段距離，我的手突然一痛，下意識立刻甩掉手上的洋娃娃，果然看見手背上出現一排齒痕，而且都流血了。

「逃屁啊！」洋娃娃大概是因為剛剛被黏在樹上整個很崩潰，甜美的小女孩聲音消失了，變成暴躁小女孩的怒吼，「你是白痴嗎！智障嗎！你腦袋出生時被門夾到嗎！四個黑術士耶！你跑什麼跑！」

「妳才今天出門腦袋被門夾到！四個黑術士欸！沒被夾到的人都該跑好嗎！」不知道為什麼，洋娃娃對著我超嗆地大罵時，我反射性也罵回去，一罵完我就呆了，平常我根本不會這樣回嗆，基本都是在內心腹誹的啊！

「我操！你敢說老娘的頭被夾到！你這人類以為自帶技能就了不起嗎！知不知道我伊麗莎是什麼人！」洋娃娃從暴躁小女孩音變成超暴躁小女孩音，還出現髒話，「你是不是想要在腦袋裡面偷罵我！老娘就是有引語能力！有種給老娘光明正大地罵出來！看老娘不用門夾斷你雞雞讓你真的變成一個只敢偷罵人娘娘腔！」

「妳才……來了！」來不及回罵，我直接裝填米納斯往洋娃娃後面補了兩槍，水彈分裂急速朝四個黑術士身上打去，這次黑術士已有所防備，四人前面均出現黑色陣法，水彈直接蒸發，一點都沒有剩下來。

「滾！娘娘腔！」洋娃娃罵了一句髒話，飄浮在空中的身體一煞，直接擋在我面前，小小的身體上轉出圓形術法，一層、兩層、三層……一共三層的繁複圖紋在它身前張開，每個圖紋都閃爍著陰寒的黑色光芒，顯然對陣法有所忌憚的黑術士們瞬間停下攻勢，保持離我們十公尺左右的距離，斗篷帽底下的小眼睛露出了怨毒的詛咒光芒。

洋娃娃沒再繼續下一個動作，應該說它來不及有新的動作，黑色的火焰突然從我們右側黑暗處如同刀一般橫削出來，差點燒上那些黑術士，如果不是他們全都快速閃身往後瞬退，應該已經被火焰給捲進去了。

熟悉的地獄烈焰讓黑術士們暴出不甘的憎惡殺意，下一秒他們就像夾著尾巴的老鼠一樣急速消失在我們面前，灰溜溜地逃了。

我轉過頭，然後鬆懈下來，從黑暗處走出來的果然是萊斯利亞，冷淡的面孔看了眼洋娃娃，沒太多反應，只無溫地開口：「我王似乎不知道妳……」

「閉嘴！你什麼都沒看到！」洋娃娃尖叫了一聲，眨眼直接在我面前蒸發了，速度之快，簡直能與那些黑術士媲美。

「……」萊斯利亞有點無言，重新轉向我，「讓客人驚嚇了。」

「呃……到底是？」收起米納斯，我大概可以猜到萊斯利亞是專程來找我的。

「我王原先有預設通道，你離開交會點後應會被直接引導回到大殿，只是通道被破壞，才會令你迷失道路，偏移了原先的位置。」萊斯利亞停頓了下，我和他不約而同都往剛剛洋娃娃消失的地方看了眼，兩人對於是什麼在搞鬼都非常心裡有數。他繼續說：「我王一察覺就立即讓我出來接應。」

……看來鬼王還是記得我不認識這裡的路的，估計原本有好心留下快速通關可以直接回去，結果被那個洋娃娃給搞壞了，也不知道它是惡意想殺我還是存心搗蛋。

萊斯利亞並沒有解釋洋娃娃的事情，不過看他沒有對洋娃娃下殺手，我猜他們應該是認識的，而且很可能洋娃娃連鬼王都認識，才會有剛剛那個逃難般的反應。

「這裡是哪裡？」我想了一下，黑術士會衝來這裡出手，那這裡可能就不是殊那律恩的領地，不然入侵領地的好像都會被他們打到死去活來。

「這是我王統治地以外的十里處，棘羅之森，並不屬於任何勢力所有。」可能是有鬼王的命令或是體諒我不知道獄界的狀況，萊斯利亞冰冷僵硬的聲音稍微替我解釋了幾句，簡單地說雖然這裡是殊那律恩領土之外，但是因爲距離他的勢力範圍很近，所以一般不太有其他勢力敢隨意在這邊劃分地界，幾乎等於是勢力範圍與勢力範圍之間的緩衝區，簡稱無人管理的中間點。

棘羅之森大概有百多里的範圍，裡面住了一大堆黑暗生物還有毒物，雖然在鬼王邊境尚且還算安分，但是像我這種人白目地隨便走進去依然會屍骨無存。

萊斯利亞解釋完，我默默地拍拍胸口，覺得自己沒腦殘眞的太好了。

所以大致上可以知道那些黑術士應該是被派在附近監視殊那律恩勢力的，不曉得被什麼力量吸引，才會那麼快出現在我們面前吧。

我問出了疑惑，萊斯利亞也不明白，只是認同了或許和娃娃有關係這點，那娃娃到底是什麼，他還是沒解釋。

我猜，八成也是讓人很頭痛的存在吧。

這麼想的同時，我已經被萊斯利亞轉回鬼王的大殿，比較熟悉的景色再次出現面前，我也鬆了口氣了。

「我王還在等待，請隨我來吧。」

萊斯利亞收回移動術法，邁開步伐。

※

鬼王住所內不能隨意使用術法，萊斯利亞這次領著我走了好一段路，我們才進入一處像是花園一樣的地方。

這片花園和我進獄界之後所看見的黑暗、血腥都不同，佔地並不大，植種也很單純，就是一片整理得很舒適的淡色草地。草地下並不是土壤，而是由有點奇異的白色細沙與彈珠般大小的透明小石子混合，點點淡綠色的螢光飄浮在草皮上，彷彿讓獄界的浮躁氣氛平靜了下來。這裡的空氣也很乾淨，更是比獄界自帶的陰暗明亮許多，不知道是從哪邊引來的光源，總之雖然沒有大太陽的那種晴天藍空，但也已經是很舒服的明亮，光灑落在草皮及庭院唯一一棵樹木上——約莫兩、三人環抱粗細的樹有著比我記憶中的顏色還要淡的樹身，上頭的樹葉顏色也很淡，幾乎呈現著白綠色，還帶點透明，葉片上的銀綠色葉脈折射了光後閃閃發亮，看著有些夢幻感。

這樹很眼熟，非常眼熟，不就是二王子在陰影那邊看見的樹嗎？

只是當時的樹看起來很脆弱，眼前這棵卻很勇健，生氣蓬勃的，連樹下的一小片小白花看起來都精神奕奕，就差沒有吹來個微風隨之起舞。

說好最後一棵樹已經枯萎了呢？

「這便是當年的樹。」淡淡的聲音從樹後傳來，鬼王揹著手散步一般地閒適走出，身上已換了一襲比較輕便的寬袍，同樣是黑色系，但素雅許多，隱隱能看見上頭有淡金色的流光勾勒出圖騰，與外面那些軍團旗幟上的主圖相似。如果不是過於蒼白的臉和血色的眼睛讓他在這種地方不太不協調，他看起來還眞像以前精靈模樣時在綠意底下休閒。

似乎讀出來我在想什麼，鬼王沒什麼反應，只微微看了我一眼，說道：「在光族墓中我破譯出一些訊息，於是將遺體、微光取出，混合精靈特有的術法，雖然花了些工夫，最終好不容易將它成功帶到這裡重新生長。」

鬼王並沒有詳細說明用了什麼方法，但聽起來應該很不簡單，畢竟當時那棵樹應該暴斃了。

「自然也是得到老師許多的幫助。」鬼王勾起唇，看向樹後頭繞出來的眞正精靈。

「只是正好知曉光族一些術法與事蹟，能順利生長，都是主神的垂憐。」賽塔摸著光族的樹，微弱的光在他白皙的掌心下一閃而逝，接著他帶著微笑轉過來看我，「亞與夏碎還在沉睡，你不妨就在這裡稍作等待吧。」

學長和夏碎學長還沒醒？

我有點意外，但是好像又不那麼意外，八成鬼王想讓他們知道得更多，畢竟是親屬關係，說起來，讓我這種外人直接觀看記憶已經很不得了了就是。

「你能力不足，無法記得全部有用訊息，待久也無用。」殊那律恩很老實地說道，又給我補上一刀：「還很浪費我的精神力。」

「……」可以親切友善一點嗎？

像是已經完成自己的任務，萊斯利亞朝鬼王微微一禮，沒有多說什麼，很快就離開花園，留下我和鬼王、賽塔三人，不知道爲什麼，這次沒有看見陰影，眞的就只有鬼王在這裡而已。

「深去準備一些事物，畢竟我們欠你一份人情。」殊那律恩很隨意地在樹下坐著，一邊的賽塔很自然做了一樣的動作，兩人類似的悠閒氣質讓他們看起來還眞有點像兄弟。我趕緊蹲到精靈邊上，繼續聽鬼王說話，「妖師首領也有自己的立場，倘若沒有你的因素，或許不會輕易鬆手。」

「啊？」我一臉問號，不知道爲什麼鬼王有這種結論。他們離開之後，明明就是然對我說了不動陰影的理由，和我完全沒關係吧。

「雖然妖師首領有意放過，但沒有進一步要求相應的代價，是因爲你的關係。」賽塔微笑地說著：「他只重新放回兩項重點術法便說明了他認同殊那律恩的做法，也對殊那律恩進行的記憶領導帶有謝意，所以並未要求鬼族提供相應的回報。」

「……讓我想一下。」賽塔的話讓我一頭霧水，仔細想想，他的意思是說然本來有機會可以要求殊那律恩什麼事情作爲沒有回收陰影的回報嗎？

確實沒錯，然原先是可以把陰影帶走的，有了湖之鎮的前例可以知道，陰影基本上會被妖師控制，這份力量原本就是屬於妖師一族，回收陰影似乎天經地義，所以然沒有將深帶走已經算是很給鬼王面子了，雖然我懷疑他眞的帶得走嗎，畢竟殊那律恩也不是吃素的，那麼強的精靈術師變成黑暗術師會有多恐怖，我用膝蓋都可以想得到。

只是然什麼也沒有做，沒有回收、甚至一字不提，之後還對我說了那些話……看來他放棄的東西和利益似乎比我想像的多很多，這些扣除二王子和陰影之間的友誼，還有我的因素嗎？

這麼說，其實然原本可以要求殊那律恩提供黑色種族的資源或幫助來壯大妖師一族吧？而且鬼王對於這些東西肯定也支付得起。

不曉得爲什麼，我默默地開始對然有點尊敬了，雖然以前就覺得他對我很好，但是沒想到爲了我在這邊的事情，他還乾脆連交換的利益都沒有要求。

雖然我搞不太懂他們上位者的想法和邏輯，不過還是有點感動的。

看我大致想出一點所以然，賽塔也笑笑地沒有繼續說什麼。

「你坐好。」

鬼王的話有些突然，我還沒反應過來何謂「坐好」，蒼白的手掌突然在我臉前張開，暗淡的黑色微光猛地貼近眼前，想躲都來不及。

假如這是敵人我八成瞬間爆腦，幸好殊那律恩不是敵人，所以我只感覺到清涼且帶有一些奇異的舒緩冷流拂過我的臉，然後沁入皮膚底下，引起很像搔癢般的力量波動。在此同時，鬼王的聲音也從黑光後飄來：「凡斯的先天力量你已經知曉，但血脈力量長期被封鎖，雖然先前因應學院事故與環境所逼替你開眼解封，那也僅僅是一小部分，更多的是來自各方爲了不讓你暴露而重新施加的限制，雖然立意良好但也造成混亂；現在外來因素已經去除，我重新替你疏通血脈，屬於黑色的傳承之力今後也會甦醒，能不能順利地接受並使用，就看你與亞會如何做吧。」

「學長？」我愣了下，不知道爲什麼會和學長扯上關係。

「……亞那不知道如何教導孩子的，竟然要他遇上妖師一族後人時多加協助。」鬼王好像有點不滿地嘖了聲，讓我跟著抖了下，原本到嘴邊的問句硬生生吞了回去。

接下來大約持續了五分鐘左右，我都不太敢亂講話也不敢亂想，直到鬼王將手收回去，我重新恢復視線，看見殊那律恩和賽塔都一臉沒事的樣子。

「那名夜妖精。」首先打破沉靜的還是鬼王，他從懷裡拿出個小盒子，「被我術法反彈後可能會有些倒楣，將這帶回去給他修補傷害吧。」

「哈維恩？」愣愣地接下盒子，我很意外會扯上黑小雞。

「倒也是有能力的夜妖精。」鬼王沒講其他的話，讓我有點心驚膽戰，不知道黑小雞又幹了什麼事情，竟然要修補傷害？

說起黑小雞，我立刻想到另外一個人，「重柳族呢？」

殊那律恩沉默了半晌，才回答：「那也是相當令人意外的存在。」

「？」可以說人話嗎？每次講話都沒頭沒尾的實在很難猜啊！

「既然還有點時間，不如先去看看那孩子吧。」賽塔並不是詢問，而是直接站起身，殊那律恩也跟著站起，我馬上跳起來，戰戰兢兢地等待他們的下一步，希望鬼族沒有把重柳族給切開。

隨著兩人的動作，我們腳下出現了黑色術法，四周景色迅速變換，原先的花園漸漸被偌大的白色石室取代。

與外面的黑暗不同，這裡的壁面全是一塊塊白色的巨大石頭堆砌而成，雖然看起來有些粗獷，然而定睛一看能夠發現這些巨石其實都被研磨得相當細緻，除了每一塊幾乎完美嵌合之外，白石還沒有任何瑕疵，純白一片，光看著就可以感覺建造者完美主義的龜毛發作之可怕。整體空間並不小，估計有平日上課的教室四、五間相連那麼寬敞，只是裡面什麼擺設也沒有，踏上此地的同時，我也瞬間看見了唯一存在這裡面的物體——重柳族。

鬼族不知道使用了什麼方法，重柳族竟然到現在仍然昏迷，軟綿綿地倒在地上，絲毫沒有平常的警惕，任由我們三個走到他身邊還是完全沒醒，如果不是因爲身體還有代表呼息的起伏，乍看之下會有已經死掉的可怕感覺。

我連忙蹲下來稍微檢視對方的狀況，沒有外傷，衣服包括他的面罩全都安安穩穩地在原位，並沒有被扯下來。

「即使不用脫他衣服我們也能探查狀況。」鬼王悠悠哉哉的聲音從我腦袋後面飄來，「這名時間種族的狀況相當不佳，恐怕再過一陣子就……」

「會死嗎？」我心裡一緊，立刻轉頭。重柳族最近這幾次的狀態都不是很好，我非常害怕他會出事，雖然他是來監視我的，但他眞的比起一些人友善許多，而且跟著這麼久了，說沒放在心上都是騙人的。

「若是沒有妥善處理，恐怕這孩子將會回歸安息之地。」賽塔算是肯定地回答了我的問句，他優雅地在我身側坐下，動作輕柔地扶起重柳族，讓青年的頭靠在他懷裡，左手帶起銀色光芒，撫上重柳族的額頭。

「那些時間外族為了實踐扭曲的道路，也是無所不用其極了。」殊那律恩說這些話時並沒有任何起伏，但隱約可以感覺到空氣逐漸冰冷，似乎像代表著他的情緒般下降。「看來他自己也不明白有多少記憶遭到奪取。」

「能修復嗎？」賽塔微微側過頭，看著已經在他們旁邊蹲下身的黑色鬼王。

「自然可以，但時間外族不會放過他。」殊那律恩沉吟了片刻，「真不明白時間種族為何不介入。」

「請問……」我硬著頭皮打斷他們的討論，牙一咬還是開口：「到底是什麼意思？重柳族發生什麼事情？」我想聽人話啊兩位前輩，太簡略的實在很難懂。

「那個時間種族應該是被剝奪時間自主權了。」

回答我話的不是殊那律恩也不是賽塔，回過頭，我看見白色的地面再次轉出烈焰般的陣法，接著學長從裡面踏出來，夏碎學長跟隨其後，兩人看起來精神挺好沒什麼狀況，說話的正是學長。「之前看見時被隱藏得很好，連我都沒有發現，如果殊那律恩沒有剝除外面的神咒，很可能連白精靈都無法察覺。」

「剝奪自主權？」我用腦思考了一下，猛然理解了學長的意思，「他不能靠自己的想法活動啊？」

「近似，雖然沒有被操縱，還是能夠隨心所欲地行動，但是除了重柳族的誓約以外，他估計無法決定自己的生命時間。」學長在殊那律恩點點頭之後繼續爲我解釋，「造成這種狀況的通常會有三種可能，一是他曾經身爲重柳族的大罪人，雖然沒被流放但是此生的生命只能被重柳族所利用；二是他可能曾經瀕臨死亡或者眞正死亡，在世界意識的允許下藉由他人的時間重返歷史軌跡……這是在身負可能會影響世界的種族重任下爲前提的特例情況；三是……」

說著，學長皺起眉，又看了重柳族一眼，「這應該不太可能……」

看起來這個被停頓的三很嚴重。

我眼巴巴地盯著學長，等解釋。

學長嘖了一聲。

「三，他根本不是重柳族。」

第三話　異端戰火

我愣了愣，有好幾秒沒有意會過來學長的意思。

還在思考那幾個字時，後方的夏碎學長已經先開口，「但是他有重柳族的命蛛，應該不會是第三種狀況。」

一說到命蛛，我就想起藍眼蜘蛛，似乎沒有看見牠，不知道跑到哪裡去了，希望不要被鬼族其他人給逮住。

「重柳族都會有蜘蛛嗎？」轉向兩位比較會說人話的學長，我把握機會問道。記得我看過的重柳族每個都有蜘蛛，而且這些蜘蛛顯然可以辦到各種事務，簡直像小跑腿。

回應我的是夏碎學長，他點頭並開口：「也被稱爲魂蛛，重柳一族是比較特別的時間種族，以嚴厲守護白色時間聞名，卻也因此遠比其他種族還要激進，褚以前也見過的，幾乎是無情的存在，手刃過多鮮血後，成爲許多黑色種族獵殺與復仇的目標。重柳族出生時一定都會有相對的命蛛誕生，魂魄相連，命蛛等於重柳族另一個分身存在，雖然意識靈魂不同，但是兩者在一起時力量會強大到可怕，分開之後力量銳減，其中有什麼因素我們外族並不清楚，這是重柳族的機密，只大致上知道這些，能確定的是重柳族必定會與自己的命蛛在一起，直至死亡才分開。」

「其他時間種族沒有嗎？」那不就逮住其中一個往死裡揍，另一個就會變很弱嗎？

「沒有。」這次回答的是賽塔，所以可信度高達百分之三百。

看來他的確是重柳族，只是屬於哪一種狀況？罪人？死了復活？

不知道爲什麼，我總覺得他不像罪人，可是其他重柳族對他的態度又極差，彷彿看他是垃圾一樣，實在讓人很在意。

「不過會使用神咒來作爲掩蓋，也相當罕見。」賽塔有些皺眉，「不應該呢……」

神咒這種東西光聽就很威，一定是什麼超級法術，而且還是接近神的法術，小說漫畫都是這樣寫的，所以不難理解。

「我只剝除了外面那層，附著在身體上的再破解恐怕就眞死了，重要記憶都有神咒封印無法動。」殊那律恩接過重柳族，橫抱著人站起身，腰力和膝蓋非常之好，動作流暢，一點也不像負重的樣子。他一轉身，把手上還昏迷的青年交給後面的陰……陰影什麼時候冒出來的？

我瞪大眼睛，有點驚嚇地看著猛然出現在旁邊的陰影，先別說力量感了，貼這麼近竟然連存在感都沒能察覺，嚇得我雞皮疙瘩都豎起來。

「若是如此層層控制，恐怕眞是罪責身了，而且是相當罕見的嚴重罪責。」就著陰影接過人的動作，殊那律恩合起自己的手，那瞬間我好像看見有什麼血紅色的薄膜急速往重柳族身上覆蓋過去，眨眼便消失不見，一點異樣氣息都沒有，似乎只是眼花。

「有記憶嗎？」賽塔溫柔地望向鬼王，後者搖搖頭，只給了幾個字──記憶被清洗，無法找回。

被清洗和被封印不同，之前我看到妖師的本家記憶是被封印了，所以鬼王可以翻出來，但是被清洗是整個已經毀掉，無法復原重建。

這個人到底做過什麼才會遭到這些對待？

過往幾次看他出手，可以知道他地位不低，很可能是王族或貴族身分，到底發生什麼事情了？

「既然有興趣就直接問本人吧。」說著，鬼王蒼白的手掌完全不客氣地貼上重柳族的額頭，一絲黑光竄進青年白皙的皮膚裡，瞬間我們可以看見他暴露在外的皮膚突然出現血色……是眞的血的顏色，尤其刺青的位置最爲明顯，淡色的刺青幾乎像是被烙印一樣浮腫起來，略帶痛苦的低沉呻吟聲從面罩後發出。

似乎已經很習慣鬼王這些行動的陰影轉換了姿勢，架著重柳族讓他自己站回地面。

「可以小力一點嗎。」我看鬼王好像很喜歡虐待重柳族的樣子，忍不住又出聲。

「我是鬼王，不做做樣子怎麼像壞人。」殊那律恩竟然很理所當然地給我這句。「會辜負白色種族的期待。」

「……」您可以不用做樣子好嗎？我們並不期待您當壞人的樣子啊。

神色一斂，沒再和我抬槓，鬼王周身空氣一冷，轉爲陰寒刺人，恐怖的壓力立時出現，我下意識倒退了好幾步，縮到學長身後。

這一刻他又恢復成了眞正的「鬼王」。

因爲體驗過對方的記憶，再加上他後來並沒有特別擺架子，讓我有點忘了一開始他凶狠的鬼王模樣，差點就將他當成是原本的那位善良「二王子」。

但他卻是鬼王，統領獄界四大勢力之一的鬼王，早已不是純淨的精靈，而是站立在鮮血頂端的王者。

吞吞口水，我再也不敢多說了。

鬼王的手離開青年額頭時，那些血色淡去，藍色的眼睛也虛弱地睜開，有些茫然無力，甚至連站都站不穩，只能依靠陰影架著他勉強站著。

「抵抗也無用，如實說出你被剝奪的理由吧。」鬼王眼中血光一閃，像是投映在重柳族身上般，我似乎看見那雙藍色眼睛裡染上了細細的血絲，薄薄的冷汗從他額際沁出，瞳孔劇烈收縮，可以知道他正在拚全力掙扎，可是完全擺脫不了鬼王的控制。

賽塔他們沒有出手介入，可能是相信殊那律恩不會對重柳族下手，雖然畫面看起來有點恐怖，但應該不會影響到重柳族的生命。

所以即使我很擔心，也只能這樣閉上嘴乖乖看著。

重柳族的掙扎持續了好一會兒，才慢慢安靜下來，虛弱的聲音再次傳出，「我……血海之罪……」

猛一聽見時我愣住了，他真的是罪人？

斷斷續續的句子雖然不多，但也算清楚了。

「包庇……致使族人死亡……長老過半命絕……」

「包庇了什麼？」鬼王加重語氣，「黑色種族？妖魔？惡靈？」

「異靈……」

重柳族一說出那兩字，空氣幾乎同時一滯，不但賽塔皺起眉，學長和夏碎學長的臉色也都變了。

那是什麼東西？

還沒問出口，學長已先朝我使了個眼色，我乖乖把問題吞回去。

「你眞的包庇異靈？」殊那律恩也和陰影對看了一眼。「何種異靈？」

重柳族咳了聲，濕潤的血液從他的面罩下透出。「不明……」

「你自己包庇什麼都不明？」鬼王冷笑了，「笑話。」

「我甦醒時……罪責已落身……其餘的……不記得……」

重柳族似乎很用力才說完這些話，又連續咳了幾次，白色的血液滴到白色的地板，只在上面留下一點點細微的痕跡，很快就消失不見。

「你是王族之身，那麼你是哪位王族之子？」這次鬼王換了另一個問題，估計這問題也不太輕鬆，重柳族又掙扎了點時間才回答。

「『清王』。」

兩個字說完，重柳族眼睛一閉，整個又昏死過去。

「原來如此。」陰影重新把人橫抱起來，看了鬼王一眼，殊那律恩正在卸去冰冷的威壓，室內恐怖氣息再次一掃而空。「得把關於這裡的事都抹乾淨。」

「嗯，讓萊斯利亞盡快處理。」說著，鬼王朝我們走過來，腳下的黑色陣法再次轉開，抱著人的陰影並沒有跟上，與後方的白色石室一起消失在我們面前。

空氣轉爲清涼，我們重新被轉移回原本的花園之中。

所以那個「清王」是什麼？

這次不用我問出口，學長直接嘖了聲，聽起來重柳族好像眞的很麻煩。

「清王爲上一任重柳族首領。」賽塔微笑著把答案丟給我。

……上任重柳族首領嗎。

我望望天，看看草皮。

……

………

我靠！重柳族根本是重柳族首領的兒子啊！

該不會是現任首領吧！

看著草皮，我震驚了。

「你想多了，現任首領並非直系傳子。」

殊那律恩淡淡地打斷我的震驚，「清王有三十四名子嗣。」

「……」也眞不少。

「其中已知有二十六名於各種戰爭中死亡。」鬼王再次補上這句，讓我嗆了一下。忽略我的驚訝，他又開口：「不過詳細的名姓與狀況外界並不清楚。」

雖說不清楚，不過能知道那麼隱蔽的重柳族首領死了多少兒子也已經很不簡單了好嗎。我看著鬼王，默默有點冷汗。

「那異靈又是什麼？包庇有那麼嚴重嗎？」我想了想，貌似包庇妖師也很嚴重，從之前重柳族的態度來看，難道還有另一種和妖師差不多的黑色種族？然後這個重柳族連續兩次做了同樣的事情嗎？

鬼王微微瞇起眼睛，「包庇異靈只能說腦子被門夾了。」

「……」這是什麼形容？

「褚，異靈與所知道的生命不同，」夏碎學長咳了聲，臉上表情好像有點忍笑。「妖魔、妖靈為天生種族，鬼族則是扭曲種族，但是異靈與生命種族全然不同，它們是真正純粹的災難發起者，即使是妖魔也會與之為敵。」

「我不是很懂，就是比鬼族還可怕？」聽起來這個異靈貌似和陰影差不多？難道也是毀滅世界的兵器類存在？

「那個是……」學長正要開口，我們腳下突然傳來一波震動，打斷了他的話。

彷彿是從極深處地底傳來的波動，伴隨著沉重的地鳴聲慢慢向上晃蕩而來，我們感覺到微震也不過短短幾秒便轉爲強烈巨震。明明在鬼王領地有很多黑暗法術圍繞和保護，但這個地震還是很強硬地發生了，而且震幅很大，我都被晃到差點站不穩摔個狗吃屎，幸好旁邊的賽塔按住我的肩膀，我才沒飛出去。

殊那律恩臉色沒變，但是紅色的眼睛已經出現一層血光，空氣凝冰的同時，巨震猛地不自然消失，就像幻覺一般瞬間不存，但是陰影一下出現在他身後，表情很可怕，簡直像要去毀滅世界一樣。

「看來你們必須立刻離開了。」鬼王陰冷的視線看來，雖然血色很恐怖，但是我沒有感受到針對自己的殺意，他到現在還是對我們友善，只是外來的襲擊已讓氣氛驟變。「我想，應該是三大種族到訪的事情暴露了。」

「伊麗莎。」陰影罵了一句，我聽不懂，但是覺得很可能是髒話。

「嗯，那四名黑術士顯然也留意到妖師後人的身分，雖然並非第一時間，依然引得裂川王親自上門。」鬼王再度看了我一眼，接著轉向賽塔，轉換精靈語言與他快速說了幾句，然後有些珍惜地摸摸學長的頭髮，才說道：「我送你們回去吧，那名時間種族我們稍後會將他送回至他該去的地方，對於此處，他不會有任何記憶，所有沾染的力量氣息都將被抹除，不用擔心。」

看來殊那律恩早就有打算不讓重柳族被鬼族的事情影響，把記憶洗光後，估計他的同族也不會查探到什麼，起碼安全很多。

一層淺黑色的水光波紋在我們周邊盪起，像是漣漪般，一切景色開始扭曲。

「妖師後人。」

我愣了一下，立刻意識到聲音是在我腦袋裡響起的，包括賽塔在內，學長他們似乎完全沒有發現，而聲音的來源正是目送著我們離開的鬼王，那雙血色眼睛正看著我。「若是有一天，世界已無妖師一族立足之地，在手戮生靈之前，循著曾經的足跡，引領你的族人進入我殊那律恩的土地吧，這也是亞帶你到此的用意。這裡是全然的黑色世界，你們不須與世界為敵。」

沒想到鬼王竟然會向我說這些話，我捏緊拳頭不敢往學長那邊看過去，眼睛有點痛。

轉移就在我偷偷眨掉眼眶熱流時完成，空氣變得很清淨，雖然不到精靈族那麼純淨，不過也已經乾淨得讓人很舒服了，畢竟我們剛剛才身處在獄界那種實在很不討喜的空氣之中。

眼前出現的是一大片森林，與鬼族那種極具死亡氣息的環境不同，這是生機蓬勃的綠色森林，而且充滿滿滿的生命力，還可以感覺到植物的力量正在空氣中發散，抬起手隨便一聚集，都可以凝結一小顆綠色的子彈。

現在要做子彈果然比之前簡單許多，幾乎眨眼就可以完成。

「『那位』沒問題嗎？」

在我有點恍然時，一邊的夏碎學長似乎有點不太放心地看向賽塔。「畢竟是裂川王……」

被這麼一說我也有點擔心了，本來還可以在那邊稍微停留一下，但是鬼王幾乎馬上決定把我們弄回來，表示裂川王的存在和那些黑術士不一樣，再加上先前那些黑術士叫囂的話，立即讓我跟著不安了。

「能成為四大鬼王必定有相應實力，讓他自行處理吧，我們不在那孩子才不會有後顧之憂。」賽塔微微勾起笑容，很奇異地讓我們安心了下來。「此處是翠鳥之森，附近有冰牙族的傳點，他將我們送至此是擔心我原先使用的通道會被裂川王察覺，先由此回冰牙族。」

回程路上大家沒有說什麼，學長和夏碎學長似乎都在思考什麼事情。雖然之前的談話被強迫中斷，不過趁這個短暫的安靜時間，我趕緊回憶從鬼王那邊分享來的記憶，就算沒辦法完全記住，但能記多少是多少，二王子曾經用過的術法及使用的方式，他遇到那些黑術士的力量與感覺等等……諸如此類的，能吸收多少是多少了。

然後我內心深處有點感嘆，不管是黑術士或是精靈術師，用這種方法來互相學習真的很可怕。我一個不是術師的人都可以偷學了，那專業的術師肯定能獲得更多，就不知道學長他們那邊分享來的記憶會讓他進化多少，暴龍進化成史前巨鱷不知道會是什麼樣子。

正在思考學長之後該怎樣佔領世界時，前方的賽塔突然停下腳步，一抹銀白光芒在他面前出現，像是球狀的微光中飄浮著長方形盒子，大概有半條手臂的長度，整體偏扁，盒子看起來好像是木頭材質，棕黑色的老舊木頭，沒有其餘雕花裝飾，非常不顯眼的模樣。

「幸好在進入精靈族前到達，能省下一些麻煩。」賽塔勾起一絲笑意，伸出雙手輕輕接住了長盒轉過身，直接看向我，「這是『他』要交付你們三位的物品。」

隨著精靈的話語，老舊的盒子被打開，一陣淡淡的木頭香氣隨之傳來，味道雖然很淡，不過一聞馬上精神一振，本來因爲回想那些記憶瑣事而有點疲勞的腦袋立刻清楚起來。長盒子裡只有兩件物品——一個六角形的水晶盒子，一顆拳頭大的水晶球。

雖然不算明顯，但我在水晶球上感覺到有些熟悉的水氣，很像是我在尋找的水精之石，但是又不太像。

「是水精之石。」賽塔的肯定讓剛剛反駁自己想法的我有點愣住，我完全沒想到鬼王那邊竟然也有一塊這東西，更沒想到他會突然拿出來，只是怎麼這一塊感覺和我之前找的不太像啊？先前的那些都有很濃郁的水氣。

「這塊被封起了。」學長白了我一眼，「大概是爲了不讓鬼族垂涎吧，獄界中的這類純淨力量會顯得更加明顯，所以把水石封在抑制水晶裡，只要解除外層就可以拿出裡面的水精之石，就這樣直接送過去給水妖精們，能夠讓伊多向上提升水鏡的力量。」

說眞的，之前開始找水石時，覺得這是世界級難找的東西，雅多他們爲了找水精之石吃了不少苦頭，結果一趟旅程出來，這東西就像春筍一樣從各種地方冒出來，連鬼王都送一塊上門，讓我不知道該哭還是該笑，難道之前誠心誠意祈禱可以很快找到，就這樣被妖師的力量給應驗了嗎？

總覺得有點可怕。

既然如此，讓我中一次大樂透啊可惡！

學長將水精之石用術法轉送出去之後，盒子中就只剩下那個六角形盒子。

同樣是水晶的材質，比起外頭的木盒，這個盒子顯然精緻許多，六個角角上都有不同的符文，邊緣更有細緻的花草圖騰，盒子側邊周圍則是精心雕刻各式各樣美麗的雪花狀紋路，可以感受到製作者小心翼翼將這件東西捧在手上，瞇著眼睛刻畫的樣子。

水晶盒上有層術法波動，不用說應該也是對於裡面的東西做的術法封印，這層術力在賽塔手下很輕鬆就解開了，輕輕取起頂蓋後，裡頭裝盛的物件就暴露在空氣中——四顆略帶透明的白色小珠子。

珠子很小，大概就和小鋼珠一樣，與小鋼珠不同的是，這四顆珠子有點像是冰霜凝成的，在半透明的球體中能隱隱看見一絲冰霜，蓋子一揭開後更有種冰冷的力量感飄散在四周。

「褚。」

「啥？」

聽到學長喊我，我下意識轉向他，回應的嘴巴都還沒閉上，就看見有顆白白的東西直接被學長彈進我嘴裡，還沒回神，嘴裡已一陣冰涼，好像有什麼融化在舌頭上，沒有味道，就這樣瞬間消失。

我整個人呆住了。

六角盒裡的珠子已經少一顆了。

賽塔有些好笑地看著學長，沒有出言阻止他的行爲。

所以這東西是能吃的嗎！

我遲緩地闔上嘴巴，很錯愕地看著學長。

「夏碎。」學長捻起另外一顆，不過這次他沒有成功往夏碎學長嘴裡塞進去，夏碎學長直接倒退了一步，微微瞇起眼睛，臉上浮起一層拒絕的表情。

所以這眞的能吃嗎！爲什麼夏碎學長是這個反應！有毒吧這東西？

「我並不需要。」夏碎學長搖搖頭，不打算接受學長遞給他的小珠子。

「『他』給的，就是已經把我們三個都算進去了。」學長直接往自己的搭檔逼過去。

「那麼我可以自己……唔……！」

夏碎學長話都還沒說完，就直接被學長抓住臉然後把珠子給塞進去，完全不容他抗拒，過程之快，加上那顆珠子也是眞的入口即化，所以學長手鬆開之後，夏碎學長也來不及反悔了。

「知道你想給你弟，但是你比較需要。」學長直接無視夏碎學長有點不滿的眼神，然後轉回頭看著賽塔。

「我明白是好意，然而我的生命已經足夠漫長，能傷害我的物事不多，這對我而言並不必要，那孩子自然知曉這點，最後這份屬於泰那羅恩。」賽塔微笑著望向學長，「你需要我幫忙嗎？」

後面這句話是有點輕鬆的問話，雖然我聽起來很像是賽塔在問學長需不需要換他來塞，就像學長塞夏碎學長一樣。

學長嘖了聲，自己拿了珠子就吃掉了，速度很快，看起來眞的怕被賽塔塞進去。

所以這到底是什麼東西？

吃掉後其實我完全沒有奇怪的感覺，不像藥物、也沒有什麼奇怪的力量冒出來，就好像只是吃到一點點小冰霜，化了就沒了。

「這是純粹的凝神石，諸神離開世界時，原先使用的神體消散之後偶爾會留下一些神魂凝珠，雖然看起來並沒有任何力量，但是時間久了就會在融合的生命中出現影響。」夏碎學長嘆了口氣，似乎還是不太爽學長直接塞東西的動作，「能知的用途是修復身體，或是影響潛能……實際上我並不清楚會有哪些改變，凝神石正常是無法取得的，所以對於這類物體的研究並不多，雖然這四顆很小很小，但也足夠讓各個種族爲此死戰廝殺了。」

我有點麻木地看向學長，這種好像神的舍利子之類的高級東西，他剛剛連個招呼都不打直接就往我們嘴裡丟嗎？

「所以要在被其他種族發現前就先用掉啊，否則被察覺馬上就要來搶了。」學長說得很理所當然，完全不覺得哪裡有問題。

「嗯，那孩子也是這意思。」賽塔竟然同意學長的話，「即使是冰牙族，要解釋這些物品的來源也得花費不少工夫，你們先使用掉是正確的；而泰那羅恩這份，就讓亞在離開冰牙族之前，私下交給他吧。」說著，精靈重新闔上六角盒，連同木盒一起放在學長手上。

賽塔的意思很明顯，是要學長在轉交東西時，順便把鬼王的訊息帶給大王子。

想到大王子，我就有點感慨，雖然已經過去千年了，但這種事情還是讓人感到很不忍，不論是二王子或是學長他爸。

有時候想想，千年前的聯合戰爭雖然造成妖師一族在漫長的時間中被追殺，但白色種族對抗黑暗折損的生命也不在少數。然而在那之前，黑暗又反覆襲擊白色種族，自然又在那之前的之前，白色種族對黑色種族進行迫害……其實最開始起頭的已經不知道是誰了吧。

凡斯、亞那瑟恩、殊那律恩、陰影……還有更之前的許多人，如艾曼達與菲亞，或是悄然復活並破壞世界的另個陰影，還有我都不太知道的數千年前更多的戰爭，直到今天，對錯大概也已經都不重要了。

畢竟死掉的都已經死掉了，如凡斯至今都還在後悔，也都來不及挽回了。

看著正在與賽塔說話的學長，偶爾我也會怕哪天眞的會被他殺了，那肯定是在我們眞正「敵對」的狀況下最壞的結局吧。

希望和凡斯他們那時候不同，永遠都不要有那天的到來。

⁂

回到冰牙族時，主城入口已經很多人在等待我們。

似乎在踏進冰牙族領土那瞬間，冰牙族的情報網就已經把我們到達的訊息通知給所有人，所以除了冰牙族族人與大王子之外，我遠遠就看見和白色相對的黑小雞很陰沉地站在人群之外，那怨婦般的小眼神眞的讓我很想假裝沒看見。

回來之前賽塔已經告訴過我，原本我們應該是要從去時的通道回來，也就是和大王子分開的地方、冰牙族裡，但多出了裂川王的影響，所以我們並沒有使用原先的通道，而是改由鬼王直接將我們傳出，避免賽塔建立的走道被循隙入侵，這樣很可能會對冰牙族造成危險。

也因爲這個變數，所以來迎接我們的人才會變多了，仔細一看，冰牙族的精靈裡有不少人全副武裝，估計是做了準備，假使我們在路上遭到攻擊可以立刻前來接應，包括大王子在內，大王子身上的穿著也有了變化，雖然在披風下不太明顯，但是可以看得出多了一層半透明的輕甲。

裂川王眞的有這麼恐怖嗎？

基本上我只知道這人的搞事和掌握著黑暗同盟，然後黑暗同盟最近一直在騷擾我們，還很中二地放話放個沒完，但是我們並沒有直接和這個傳說的存在正面撞上過，連鬼王都沒打算讓我們見到，第一時間就讓我們回來了。

不知不覺，我對裂川王出現了點興趣。

「漾漾～」在我們靠近之後，喵喵很快地跑過來，一如往常地拉住我的手腕，「回來啦！肚子餓嗎？」

被喵喵這麼一問，我突然覺得情緒鬆懈了下來，身體也整個放鬆了，原本在獄界那種不太舒服的感覺完全消散。「我回來了。」不自覺地，這樣回答喵喵。

站在邊上的黑小雞雖然一臉不爽，不過似乎也鬆了口氣，瞬間出現在我旁邊，上上下下地檢視了一番，接著退到我身後，沒變的還是那道怨婦視線，後腦好像都快被他瞪穿了……嘖嘖，好像還得找時間解釋。不過既然他都冒險把訊息傳給然了，然應該也會回答他吧？

左右沒看到五色雞頭，那傢伙不知道又跑哪裡去了，另外也沒見到色馬，倒是看見千冬歲直接往他哥那邊走過去，逮住他哥之後直接開始碎碎唸個沒完，聽上去全都是擔心，夏碎學長只好微笑著努力安撫弟弟，一時之間也抽不出身了。

阿斯利安他們看見我們毛也沒少地安然回歸，對著我們微笑了下，看似放下了心中大石。

因為不能直接在一堆人面前說出我們去了哪裡，我有點尷尬，幸好喵喵和黑小雞都沒有當場在這裡發問，千冬歲雖然揪著他哥抱怨個沒完，但也沒有真對我們消失時的去處詢問，可能是大王子在我們離開之後展現的態度讓他們知道不可以在這種地方隨便追問吧？

正思考著等等私下要怎麼交代時，圍繞在學長那邊的精靈們似乎起了微弱的騷動。

說是微弱，不過也讓千冬歲那邊的碎碎唸停了下來。畢竟精靈平常舉手投足都很優雅，連說話都像在唱歌一樣，能讓他們起騷動也不是小事情了。

喵喵拉住我，很快就往學長他們那邊走去，走進精靈堆之後我才發現，當時帶我們來的巳隱竟然也混在裡面，因為換下了旅行用的衣裝，所以看起來和其他精靈差不了太多，只是髮色比較深，所以一時還眞沒注意到他也在這裡。

「很抱歉，看來我必須盡快返回蝶城。」看見我們走來，巳隱友善地切換了語言，讓我們方便聽懂。「幾處異端同時出現必定不是巧合，焚燬白蝶林的火焰未熄，願主神指引光明之路，護佑良善生命。」

「發生什麼事了嗎？」我低聲地問著邊上的阿斯利安，其實不只巳隱，精靈們神色都很凝重，似乎剛剛發生了不小的事情。我們回來之前他們應該都在這邊，所以估計多少知道精靈們的談話。

阿斯利安以不打擾精靈們的音量回應我，「就在剛才，大氣精靈傳遞了不太好的消息，幾個重要城市與部落同時出現了黑術士，還不清楚是怎麼突破防禦的，有部分黑術士因為力量強大，已經開始屠殺周圍自保能力有限的小村落居民。」

「公會也傳消息來了。」千冬歲攤開手掌，讓我們看見他手上正在閃爍的符紙，白色的三角符文上跳動著紅色的光芒，看起來超不吉利的。

約略過了十幾秒，喵喵和萊恩也同時收到類似訊息，更別說摔倒王子兩人。

殊那律恩受到裂川王的攻擊，然後我們這邊的世界同時出現好幾個黑術士的襲擊，這怎麼看都不是巧合啊。

「……嗯？」賽塔難得微微皺起眉。「商店街也出現了黑術士，來源不明。」

這下子我們也都感覺到可怕了，黑術士雖然在鬼族那邊被殊那律恩壓制到好像不算什麼，可是在這裡仍是非常危險的存在，現在出現在學校附近，不知道會帶來什麼影響。

幾乎就在瞬間，我猛然想起了什麼。

「通道！」

「空間走道！」

與我同時說出來的是千冬歲，千冬歲有點訝異地看了我，馬上又轉回他哥，「近期空間走道頻頻異變，被入侵了！」

我也是突然想起之前走道的各種狀況，還有五色雞頭之前在走道亂竄，加上他說有什麼有趣的。

可是空間走道那麼重要，又有那麼多限制和保護，黑術士怎麼入侵的？

就在這時，冰牙族的空氣中出現細微的聲響，很像是小鈴鐺一樣清脆的聲音，我之前完全沒聽過，現在卻很容易就聽見了，伴隨著空中的虛影，直覺就是大氣精靈的警告聲音。

「應戰。」大王子猛地扔出了兩個字，一轉頭瞬間消失在我們面前，那些全副武裝的精靈同樣失去蹤影，原本的大批人群瞬間不見一大半。

……

眞希望他們能夠好好說人話。

「冰牙族外有村落也被襲擊了，我們去看看吧。」賽塔彷彿知道我在想什麼，在幾個人點頭的同時，我們腳下出現了銀白色法陣。

景色轉換，血腥的氣息染上了精靈們周身清冷的空氣。

黑紅色的火焰與焦土，出現在我們面前。

第四話　入侵前哨戰

賽塔帶我們到來時，其實只比大王子晚了十多秒。

不過這短短十幾秒，已足夠大王子和他帶來的戰士部隊將戰火控制下來。我們踏足在不知名小村莊的同時，雖然看見有好幾處房舍被黑火焚燬，地面漆黑一片，但沒在裡面看見屍體，反而是冰霜正在往那些破壞的火焰凝結。

正常來說，冰應該會被火融化或破壞，但是這些冰霜居然顛覆這種常態，反而把火焰包裹起來，被封在冰裡的火逐漸熄滅，形成很特殊的畫面。

另一邊，我看見先行到來的精靈部隊，整齊得像機器人一樣的精靈小隊已排開陣勢，中間有一名穿著黑暗同盟斗篷的黑術士被五根冰色長矛戳穿，整個插離地面在半空中要死不活地掙扎，黑色的毒素不斷從他身上散發出來，但很快地被覆蓋在外面的白色冰冷氣息給逼回去，完全無法擴散。

白色氣息的來源就是站在黑術士前方的大王子，甚至連長刀都沒有拔出來，只背對著我們，帥氣的背影威風凜凜，把黑術士的威脅徹底壓下，感覺就是單方面的完勝。

我們這邊的摔倒王子眉頭一皺正要上前，被賽塔給攔住，精靈微微搖搖頭，似乎是不希望我們介入這場精靈主導的抗戰。

「隻身前來，也過於小看冰牙族。」大王子冷冷說著，原先淡淡的語氣上已抹上鋒利的殺意。那是種很純粹、不含私怨也沒有憎恨，單純就是要將眼前邪惡抹煞的話語。「如只是帶話，說完便可安眠。」

我想，大王子所謂的安眠就是升天吧。

黑術士咯咯咯地陰笑了起來，聲音讓人超不舒服，很像是吸了氦氣一樣，有點扭曲搞笑的聲音，但是混合了邪氣陰毒，就一點都不搞笑了。

「泰那羅恩，你想知道獄界現在是什麼慘況嗎……」

黑術士的話讓那背影微微動搖了下，不過也就是瞬間，寒氣一點一滴爬上黑術士的四肢，從指尖開始緩慢地往上凝結吞噬。那種幾乎連骨髓都快凍住的冰冷就算旁觀的我也可以感覺到，不自覺地摸摸手臂，才發現全身都起了雞皮疙瘩。

然而不愧是冰牙族的大王子，泰那羅恩對於寒冰與殺氣的控制力極佳，即使可以感覺到恐怖的冰凍威力，但一旁的我們完全沒有被波及，甚至地上也沒落下冰霜，所有急凍都只發生在黑術士身上，不但凝結了他的毒氣與詛咒，還逐漸剝除他的生命，包括敵人的反擊在內，全都控制得很好，讓我第一次看見這位王子身為精靈術師可怕的一面。

「廢語的話，就不必了。」大王子說完同時，黑術士也被封結完畢，細微的輕響從冰凍的邪惡身軀裡面傳來，接著一個震動，黑術士竟就這樣瞬間崩散開來，直接化為大量粉末，連同那些毒物與黑色力量全被震散，幾乎秒殺般完全不留。

光這樣看，就讓人打從心底對這位王子感到畏懼，先前雖然知道他很強，但這種強得幾乎看不見底，就連學長以前所展現的好像都比不上這種極端的強悍。自始至終，大王子的聲音都沒有絲毫起伏，轉過身來時就和最初我看見他時一樣，對於那些得救的村人和被滅殺的黑術士，他所表露的態度都一樣，與看小石子和小花小草沒有分別。

現在我才確定一開始他對我的態度確實不是針對我，是他對大部分的生命體真的沒有區分，恐怕會讓他動搖的存在也就僅僅那麼幾個吧。

大王子動手之後，精靈部隊快速善後，並修補被衝破的村落與守護術法。

短短時間內，一同來的千冬歲和喵喵等人似乎也得到了公會初步的情報，大多與這邊的狀況很類似，全都是黑術士入侵各地村落造成大小不一的傷害，有些較為偏遠的雖然起身抵抗，但還是出現了嚴重死傷，公會正在迅速調動人力在第一時間投入突如其來的襲擊。

「真奇怪。」身為情報班的千冬歲得到的訊息比喵喵要多，快速瀏覽手上轉動的符紙傳遞，表情變得有些凝重，「這些黑術士暴起的數量雖然很多，但卻很分散，看似隨便挑選弱小地區進行襲擊，力量並不強，只要有相等於公會白袍、紫袍實力的術士到達，便可將他們擊退，看起來是在打消耗戰。」

「那麼他們的目標是在含有重要力量的區域。」大王子冷冷的聲音傳來，他抬起手，千冬歲連忙把自己情報班的資訊分享過去，看來公會似乎有一定的許可，讓情報班把機密分享給一些種族中較高地位者。「調查黑術士襲擊的周邊所有大城，與所持的力量領土、共有的空間走道交互比對，重點進行防禦。」

千冬歲才剛將大王子的話轉回公會，一種很詭異的潮濕感立即往我們這裡覆蓋。

明明精靈們已迅速修復了村莊術法，但這種不自然的突兀覆蓋再次打破結界，竟硬生生闖了進來，帶著腥血的氣味，類似獄界般的黏稠空氣再度出現，只不過很稀薄，然而僅僅這樣也足以讓那些原已鎮定下來的村民們大驚失色，全都恐慌了起來。

他們倚靠著精靈族生活，雖然其中不少也是精靈族，但和冰牙族戰士還是有差距，突然出現的恐怖氣味讓他們發出呻吟。

而在同時，我們腳底一個震盪，距離村莊的遙遠處好像發生了極為強烈的爆炸，遠遠可看見像香菇一樣的黑色烏雲從地面冲起，那股震撼強度竟能傳到我們這裡，可見當地遭到了多可怕的襲擊。

還沒反應過來到底出了什麼事，我眼前突然黑影一閃，哈維恩竟然衝了出去，帶著強烈的殺氣掐住一名尖叫著撲上來的村民頸子。雖然是遠在冰牙族土地外的村落，不過這個村民看起來也是精靈，得天獨厚的漂亮面孔現在扭曲異常，似乎被某種強烈的力量擠壓，整張臉浮腫起來，黑色的血絲快速攀爬到變得死白的臉上，在右臉頰組織成詭異的圖案。

「鬆手。」隨著大王子輕聲傳來，哈維恩放開手的同時，冷光急速劃過村民的頸子，瞬間炸開的村民頭部剎那之間被冰霜包裹，青黑色的血沒有染到哈維恩身上。一眨眼，村民也像那名黑術士般直接崩成冰粉，碎落在地。

見狀，哈維恩愣了下，我感覺他好像也被這變化驚到，不過還沒讓我們有交談的機會，又有好幾名村民發生一樣的變化，全都尖叫著朝我們或是精靈部隊衝過去，擠壓變形的頭部眨眼間腫脹了一大圈。

訓練有素的精靈部隊並沒有被村民們的變化亂了陣腳，雖然可以看得出來他們身上浮出些許的怒氣，不過仍以極快速度返回我們身邊，像是防禦壁一樣直接擺出圓形陣，將我們所有人保護在圈內。

泰那羅恩閉上眼睛，那些扭曲的村民止住步伐，尖叫在他們喉嚨中凝結，就這樣一圈一圈的冰粉落在地上，不過短短幾秒內，原本倖存的村民竟然一口氣剩下不到一半。攻防極為短暫，連摔倒王子都沒來得及出手。

要知道這是在精靈的領土上，就連我都可以感覺這是多嚴重的事故。

「那個黑術士不是現在才到，他應該已經先潛伏進來。」哈維恩盯著冰粉，臉色也很可怕，不知道是大王子展現的力量讓他全身進入極度備戰狀態，還是因爲村民被黑術士所毀滅。

「全部都是死亡詛咒，觸碰沾染的無一倖免。」

無論如何，這已經算是對冰牙族不小的打擊。

再次睜開眼睛，泰那羅恩的神情還是沒什麼改變，只是那雙眼睛變得更冷，周圍的氣溫也直線下降。

「原本只打算引幾個精靈出來殺殺，看來這下可以先拿到不得了的腦袋了。」

囂張的聲音在空中響起，伴隨著恐怖的氣氛下壓，高空中出現了血紅色的符文圖案。

那個圖陣讓人非常熟悉，熟悉到極點——

鬼門，被開啓了。

※

上次看見鬼門，留給我的記憶實在不是很美好。

不過我一直覺得鬼門是被管制的東西，沒想到現在在這裡竟然又看見，而且隨隨便便就被打開了，還是開在精靈族附近的村莊上。

所以這種鬼門到底有沒有被監管？

「這位應該是冰牙族僅剩的王子沒錯吧。」

張狂的聲音還刻意強調「僅剩」兩個字，似乎完全不在意會觸怒冰牙族。從鬼門中緩緩浮現的是血紅色的身形，眞的是「血」紅，一身濕漉漉的長袍像是剛自血池出浴一樣，不斷滴著腥紅色的刺鼻血水，長至小腿的黑色長髮也全都因血水濕透糾結。

如果不是因爲滴的是血，我會覺得這人肯定是在來的時候掉進水溝裡，不過現在她滴的是血水，所以視覺上反而變得恐怖了，再加上她帶來的極凶壓迫感。

從鬼門中走出的是名女性鬼族，身上環繞著的全都是與她外表一樣的血紅黑色殺戮力量，臉與露出的手臂、雙腿上全布滿青色細小鱗片，不過因爲浸染血水，所以那些鱗片皆抹上了不祥的光澤。穿在她身上那已看不太出樣式的長袍很可能原本是件有大襬尾的洋裝，但現在除了血，還沾滿了各種細碎的肉末、筋骨，甚至不明顯的破碎脂肪，簡直像是這衣服原本就是血肉縫製而成，源源不斷散發著極爲濃厚的死亡氣味。

「比申惡鬼王麾下鬼王高手，殘戮邪女，莎各耶。」泰那羅恩冷聲地指出來者，「以獻祭強行打通鬼門？」

「是呀，好不容易養大的食魂死靈，足足獻祭了三隻，才能令我降臨這世界。」女性鬼族黑紅色的指尖從自己的胸口上勾起一小條肉筋，然後伸出了分岔的青色舌頭，一捲就將那條東西給咬進口裡。「反正是那些黑術士的玩具，我想想……那三隻也吃了上萬的靈魂吧，燃燒時的聲音眞好聽呢。」

像是存心想要激怒精靈們，鬼王高手張開手掌，黑色小球浮出，下一秒從那裡面傳出淒厲的各種尖叫與悲號，音量非常巨大，就算學長和賽塔等人已快一步在我們周圍設下了層層結界，驚人的聲音依然震動守護，傳進了裡面。

不僅僅是成年男女的哭號，裡面最多的竟然是孩子的悲鳴，不論少年少女，甚至幼童與嬰孩都有，撕心裂肺的恐懼聲音成了他們遺留在世界上最後一道痕跡。

在殊那律恩的記憶中雖然有直面食魂死靈的畫面，但是二王子畢竟淡化了記憶沒讓我直接接觸強烈的衝擊，現在這些恐怖的聲音震盪過來，我突然明白了爲什麼當年殊那律恩會急欲想要拯救那些死靈。

這種聲音實在太恐怖了，就連我摀上耳朵，無數的死亡悲鳴還是不斷鑽進來，那一聲一聲慘烈的呼號簡直不像是生物該有的，根本難以想像是受到多可怕的折磨才會發出這樣非人的叫嚷；旁邊那些倖存的村民很多直接被嚇暈，沒暈的也嚇得什麼都說不出來，臉色全變成了死白色，有的甚至失禁了，全身抽搐無法自止。

比起我們，精靈部隊顯然穩定很多，不過精靈們臉上也浮現了憤怒的神色，一個接著一個身上包覆的純淨力量變得洶湧明亮，像是隨時都能撲上去把鬼族給撕裂。

「夠了。」

一陣冰霧颼過，那些慘叫聲瞬間完全消失，鬼王高手恫嚇的威壓也像是被反彈回去般往反方向迅速消散。

「泰那羅恩。」就在大王子正要揮出刀刃時，一直站在我們旁邊的賽塔輕輕開口，語氣仍如往常般相當輕柔，「你去吧，那裡更需要你們。」說著，他看了一眼剛剛爆炸的遠方。

「那就麻煩老師了。」

出乎我意料之外，大王子竟然點點頭，周邊的精靈部隊像是明白他的意思，迅速一分爲二，一半站到我們身前，另外一半則與泰那羅恩瞬間消失身影，只留下冰冷的寒風颳過。

「誰准你逃了！」鬼王高手——莎各耶發出尖銳的怒嘯聲，原先平靜的鬼門劇烈震動，接著從那片血色斑駁的門扉探出一隻又一隻黑色的爪子，低階鬼族的腦袋不斷鑽出，然後自高空掉落，乒乒砰砰地撞在村莊上方的結界，形成很詭異的畫面與聲效。

不知爲何，鬼族掉下時，我似乎聽見了某種聲音，並非撞擊聲，而是人說話的聲音，一道道在我腦袋裡面響起。那是類似竊竊私語般的音量，帶著扭曲的慾望及邪惡，原本維持守護的老頭公突然發出警告的感覺，似乎想阻止那些聲音。

等等。

在心裡阻止老頭公的動作，仔細聽清傳進來的各種細碎話語。

我要吃吃吃吃吃吃吃吃……嬰兒的肉最好吃了……

血的味道……殺……殺了那些活的東西……

嘌心的精靈……撕碎他們……

看著攀爬在結界上、無視結界反彈燒灼皮肉的鬼族們，我本能知道這是那些幾乎沒什麼理智的鬼族心理扭曲的話語；而且更進一步，我竟然可以隱約感覺得出來它們這些原始嗜血的本能語言正在互相交流，好像那些低階鬼族有某種特殊的交互感應，各式各樣邪惡的低語不斷煽動它們刨抓結界，在上方瞪大灰白色的眼睛發出野獸般的咆哮。

腦袋猛地一輕，聲音不見了，我回過頭看見哈維恩按住我的肩膀，細微的黑色力量在我們身邊轉動，驅散了那些聲音。

「垃圾話不用聽太多，聽重要的就好。」黑小雞顯然對那些低階鬼族很不以爲然。

上方的鬼王高手對著爆炸的遠方又是怒罵了幾句，混濁的力量一拔就要往那邊衝，但微光在她面前突然快速閃爍，雖然不顯眼，不過卻讓鬼王高手頓時停下了動作，視線再次放到我們這邊。

「雖然很失禮。」賽塔微微抬起頭，金色的髮順著他的動作搖晃著，同樣的微光在他身邊點亮，散發出既柔和又美麗的撫慰光芒，這讓殘餘的村人們也逐漸鎮定下來。有一種不知爲何讓人感受到非常安全的溫柔力量擴展開來，令村人們重新一個個站起身，鼓起勇氣對向上頭試圖不斷入侵家園的鬼族。而精靈只是就這麼笑著，攔下正要出手的摔倒王子與阿斯利安等人，不慍不火地開口：「誰准妳追了。」

隨著賽塔話語一落，一股氣流直衝向上，原先被鬼王高手出現所帶來的血黑色氣息瀰漫並覆蓋的大片天空，這時居然眨眼讓氣流完全沖潰，恐怖氣壓不復存，從上面灑落的是同樣的溫和光芒，點點滴滴像是細雨般掉落。

這畫面在我們看來既美麗又寧靜，但對鬼族顯然不是這回事，不只覆蓋在結界上的低階鬼族被整片沖了開來，連原本不把這些放在眼裡的莎各耶也因爲自大沒有閃避，竟然被氣流硬生生給撞翻身體，差點整個人被掮飛出去，細雨般的微光更是開始侵蝕它們的皮膚，把那些鬼族淋得發出各種狂吼尖叫。

即使鬼王高手沒有如普通鬼族般被侵蝕，在站穩身體之後看向賽塔的眼神也變了，我可以感覺得出來她身上的那絲驚訝及戰慄。

「白精靈？」鬼王高手有點不敢置信，身上的血水越來越深濃，幾乎轉爲黑色。

「若是可以，請諸位就這樣返回獄界吧。」賽塔連姿勢都沒變過，還是那麼雲淡風輕的樣子。「包括那幾位隱藏在村外的黑術士，否則我也只能失禮了。」

「你——！」鬼王高手忌憚了，但沒有退去的打算。「哼！我就看你一個白精靈怎麼抵

擋！」

賽塔再次笑了下，沒有回答鬼族的話，而是抬起手，以行動回應對方。

巨大的光陣在我們、包括莎各耶的頭上高空處猛地張開，範圍非常廣大，將整座村莊及方圓百里內的樹林全都籠罩其中，幾道光柱直接由附近衝出，每一道光芒裡都有黑色的煙霧被沖散，淨化成相同溫和的光芒。

估計完全沒有心理準備那些黑術士會被滅，莎各耶被驚懾了，再次看向賽塔的表情已多了一份鬼王高手不該有的懼怕，就好像看見天敵般，心中有了顫動。「你、你是……你是……不可能……爲什麼……」

就在鬼王高手害怕起來之際，我也發現身旁的黑小雞整隻豎了起來，同樣露出畏懼神色。

「光神座下的精靈術師！」

鬼王高手尖叫出聲，我猛然想起我剛進入學院、賽塔被人介紹時的那些話。

——這位是賽塔蘿林，光神的貓眼。

※

光神座下的精靈術師是什麼概念，當時其實我不太清楚。

後來學長才爲我解釋，在還有神的上古開天時代，白精靈身爲首席種族守護世界並到處征戰，有一批最頂尖的白精靈術師隨同光神穿梭在黑暗與時空當中，偕同傳說的神祇們穩定混沌不安的世界。

這些精靈術師大部分都在戰爭時回歸主神的懷抱，少部分也因爲眾神離去、世界種族與環境快速更迭，選擇與主神們一同回到安歇之所，不再復返。

遺留在這時代的白精靈已經罕見得像侏羅紀的恐龍一樣……失禮了，恐龍很可能還比他們容易看見，白精靈術師就更加罕見了，簡直絕種，更別說是光神的精靈術師。

當初在學校聽見的介紹完全沒有說明這些，加上賽塔實在太平易近人，以及那層很普通的白袍身分，所以根本沒有人會往這方面想，學院裡包含一般老師在內，大部分都只以爲那是罕見白精靈歸依在光神麾下的眷屬頭銜。

我也是後來才知道這個簡直該讓我跪下拜倒的恐怖身分。

當下，我只覺得賽塔可能比大王子、二王子他們強了一點，畢竟是三位王子的老師，所以是個很強的精靈術師也是應該的，所以全然沒有反應過來鬼王高手包括黑小雞的強烈震驚是怎麼回事。

「光神術師……」千冬歲在我旁邊喃喃自語，「難怪……」

喵喵根本說不出話了，雙手很虔誠地握在一起，超級崇拜地看著宿舍管理人。

「那麼，妳要自己走了嗎？」賽塔的語氣還是很親切，彷彿用美化一千倍的意思在說如果不自己走，可能要幫她滾著走。

鬼王高手發出難聽的尖叫聲，倒是很識趣，唰地一下灰溜溜地鑽回鬼門裡，連同鬼門一起快速消失不見，只留下那些被光雨淋得剩下一層皮在結界上亂滾的鬼族。

賽塔優雅地回過頭，等候命令的精靈部隊立刻朝他極爲恭敬地行禮。「清理乾淨並守護，等候泰那羅恩調派。」

「是！」精靈部隊動作飛速，很快把剩餘鬼族清理完畢。上空的光陣也在不知不覺間消失了，細雨慢慢停歇，原先的血腥氣息早就被沖刷乾淨，土地的毒物污染同樣飛速淨化，很快，最後一絲黑色毒氣都被蒸散不留存了。

受到災厄的村人們重新顯露出了原本的哀傷，不過在精靈們的慰問下也慢慢平緩了心情，很快接受這份恐怖的悲哀現實，沉默地與精靈部隊一起重整家園。

怔怔看著發生的一切，我腦袋還沒收拾好，學長突然上前一步扶著賽塔的手，兩人非常有默契地轉過身體，全部人腳下再次展開移動陣法。

就那麼一瞬間，我看見賽塔摀著唇，白色的血液從他的指縫中竄出。

「白精靈已經不適應這個世界，勉強調動古代大陣對他們而言是個傷害，何況這麼大一個純粹光陣。」

米納斯的聲音在我腦袋響起，與之前相比，女性細柔卻帶著冷淡的聲音清晰許多，總覺得越來越清楚了，簡直就跟站在旁邊說話一樣。

所以賽塔也受傷了？

下意識又往學長那邊看，賽塔已恢復得像沒事人一樣，好像我剛剛看到的全都是幻覺。

「古代精靈會離開世界有很大原因是環境不再純粹，他們很容易在混濁的世界中受到傷害，所以才會有順應環境分離出來的次生精靈，也就是當時所區分的『黑精靈』。」

米納斯算是還有點耐心地解釋。「那個白精靈能夠一直待在這裡已經很不簡單了，要從這世界分離出純粹力量進行古代術法也是很可怕，但是他絕對會被雜質引起的不適反逆。打個比方，就像要你在餿水桶裡撈出你一絲黑色力量來打開古代大陣，你肯定也會吐到不行。」

……

……這世界的混雜力量對白精靈來說是餿水桶嗎？

爲什麼這比喻我覺得聽起來很哀傷？

我的幻武兵器哼了我一聲，我都有錯覺好像可以看見她的白眼了。

「總之，那名鬼王高手很強，強到這個白精靈不得不出手震懾讓她嚇跑，不然你們肯定會受傷，就算有黑袍也難以倖免，那些村民可能會死更多。你要小心了，獄界應該是來眞的。」

說完這些話，米納斯的氣息再次消失，回到了大豆裡面休眠。

短暫交談之際，我們重回到冰牙族的領土，這次是先前我們暫住的冰牙精靈主要城市，周圍來迎接的冰牙精靈明顯都知道外面發生什麼了，氣氛沒有之前的悠閒，全都抹上一層高度戒備的狀態。

幽幽的祈禱歌謠從四面八方傳來，有些憂傷，像是哀憐那些失去的生命，也爲他們往安息之處的路途上作爲祈福。一時之間，原本學長回歸時所帶來的開心氣氛被沖淡許多，整個肅穆了起來。

「我先去面見精靈王，你們盡快做好準備。」賽塔目光溫柔且堅定地掃過我們每一個人，

「該回去了。」這句話說完時，他的身影已消失在我們面前。

「我們不用幫忙嗎？」我一個腦抽，反射性直接開口。

啪地一下熟悉的劇痛炸開來。

呃……我真的腦殘了，在精靈族問人家要不要幫忙簡直欠打，我懂……我懂……

「公會的緊急徵召。」

這次不只千冬歲收到了一根血色的羽毛，喵喵、學長、夏碎學長、阿斯利安和摔倒王子，甚至不知哪裡出現的萊恩面前全都一模一樣飄浮出紅羽毛，上面附著細微的流光。

千冬歲直接打開自己的情報班通聯，看著我們，「各大城市不約而同出現大量黑術士入侵，其中有幾處更出現鬼王高手、鬼王貴族，以及高階鬼族帶領的啃食惡鬼軍團，蝶城附近則出現食魂死靈與高階黑術師，公會急召所有袍級，除了有重大生死任務者，全都前往最近的公會據點或是就近戰場接受調派。還有……」

「還有哪裡？」學長等人似乎從羽毛上得到的情報沒有紅袍來得多，大家都看著千冬歲等他開口。

「學校，學校附近也出現食魂死靈和黑術師了。」千冬歲咬了咬下唇，「以及……」

「燄之谷也被襲擊。」冰冷的話語從後面傳來，不知道什麼時候站在那裡的阿法帝斯表情異常難看，「可惡……」

他才剛罵完那兩個字，血色突然從他胸口炸出，那瞬間我驚愕了，完全沒有前兆，眼睜睜看著之前老是對我超不客氣的青年一頭摔進旁邊驚呼的精靈懷裡。數名精靈立刻圍繞上去，放出術法替燄之谷的來客穩定傷勢。混在精靈族裡的狼族也趕緊撲上來，一臉驚愕地接手治療，畢竟還是火系術法才對自己的族人比較好。

很快地，就有精靈來告知我們現況，一發現襲擊時，燄之谷的人幾乎是以最快速度，破例在精靈王的首肯並協助之下回到燄之谷，阿法帝斯與幾名年歲比較小的狼族是特意留下來等我們的，只是沒想到他居然會在我們面前受傷，而且傷勢看起來還很嚴重。

「火流河被衝擊了。」學長檢視了阿法帝斯的狀況，露出我很熟悉的那種想要把人腦袋扭下來表情。「阿法帝斯是世界脈絡守護者之一，有人衝撞了他的生命封印，直接破壞火流河的力量，所以他也相應受到創傷。」

「但是怎麼會有那麼強的力量直接衝擊火流……」夏碎學長說到一半猛地停下，與學長對看一眼，兩人的反應明顯不妙，接著他說出讓我有點摸不著頭緒的話。「比申惡鬼王與黑暗同盟結盟。」

「她竟然連幾天都忍不住嗎。」學長嘖了聲，表情更凶狠了。

「因爲少主回來了。」阿法帝斯掙扎著，被精靈們扶起身，狼族仍在幫他治療，他半個身體幾乎都染血了，而且血色越來越深沉。青年咳出大量血液，很勉強地開口：「等少主血脈力量完全復甦，她就沒機會了……得快點回燄之谷……」

「你的傷現在不能回去。」學長皺起眉，「如果被抓住，火流河封印就會面臨半毀。」

「不，如果不回去就會缺了一名守護者……燄之谷有心也很難守住全部，如果眞是那個該死的鬼王……」阿法帝斯抓住一邊精靈的手臂，堅持要站起身。

精靈們連連低呼，努力攙住不斷流血的狼族。

不知爲何，阿法帝斯的血好像止不住一樣，越是治療，出血的狀況就越嚴重，似乎傷口正在快速崩裂，很快地，他臉上連血色都沒有了。

就在我看見學長揚起手、我也覺得他要用暴力把阿法帝斯打昏時，一個小心翼翼、怯生生的膽小聲音混著濃厚的參藥味從旁邊傳來——

「你可以含住我喔。」

第五話　舊怨

氣氛瞬間凝滯。

如果不是因為狀況緊張，我還真想把這支不知道哪裡蹦出來的參按回他的洞裡面。可能也察覺到自己又說錯話，好補學弟連忙結結巴巴地補充：「我、我是說可以、可以含著……唉呀……就是這樣啦。」說著，他在大量視線下，一張小臉漲紅著猛吸口氣，然後左手抓住右手手臂，硬生生將自己的手用力拽下來，瞬間濃厚的參藥味撲鼻而來，略有濃稠的液體也灑落在他的身邊。

因為這動作太出乎意料，所以包括距離最近的我和兩邊的精靈在內，完全沒有人反應過來阻止他，精靈們甚至發出了驚呼聲。

好補學弟哭喪著臉，似乎很痛地蜷著身體半晌，不過左手倒是開始散發出紅光，那條右手在他發紅的手上慢慢縮小，直到變成一小顆彈珠大的金色藥丸出現在他的掌心上，「可以含著這個，暫時保住生命封印。」說著，他就把藥丸塞給我，手上的光也隨之消失。

我看學長向我點點頭，也趕緊把藥丸塞到阿法帝斯嘴裡。

很快地，阿法帝斯臉色真的好很多，我也回過頭看淚眼汪汪的好補學弟，雖說是植物，但少了條手臂看起來說有多可憐就有多可憐，小小的身體已快要蜷成一團球了，「你沒事吧？」

「很痛。」好補學弟吸吸鼻子，聲音有點顫抖，「痛痛的……不過會長出來，沒事。」

幾名精靈圍繞上去，白皙的指尖上出現微光，幫好補學弟治療似地在他傷口周邊點畫著出現漂亮的光芒，好補學弟的表情立即也沒那麼難看了。

我站到一邊讓精靈們比較好處理，靠過來的喵喵才低聲幫我解釋，雖然看起來只是植物可以生長出來的一部分，不過原本要凝聚成肢體的部位就會特別用力量製作，加上要作爲治療，那條手臂煉成的藥丹恐怕還蘊含好補學弟不少精氣力量在裡面。

「但是喵喵覺得他能瞬間把力量壓縮煉丹更厲害呢。」喵喵看向我，漂亮的眼睛裡似乎有點對好補學弟改觀了。

「嗯。」我思考了一下，回頭要想辦法感謝好補學弟了。

又過了差不多五、六分鐘，阿法帝斯氣色看起來已恢復許多，原本止不住的血也凝固了，隨著血液而渙散的火焰力量逐漸穩定下來，我覺得他應該是沒事了。

像是印證我的想法，精靈停止了治療，只剩一名金髮的精靈攙著阿法帝斯，他這次也很順利站直了起來，神色有些複雜地看向好補學弟，然後點頭，「謝謝，我欠你一份人情。」

還一臉精華液的好補學弟立刻破涕爲笑，「你那個！要繼續含著喔！可以含很久，就不會太痛了。」

雖說是含，不過我看阿法帝斯嘴巴裡已經沒東西了，也不知道含到什麼地方去。

「我明白。」阿法帝斯深深吸了口氣，收回被精靈攙扶的手，轉回看著學長，「無論如何，我必須立即回燄之谷，少主也盡快……」

「我也去。」學長說出這話時，阿法帝斯看起來很吃驚。

不只阿法帝斯，我注意到夏碎學長也皺起眉，似乎非常不認同學長現在回到被襲擊的燄之谷當中。

同樣都是被襲擊，難道燄之谷更危險？

「這是我的判斷，而且……」

學長的話還沒說完，一絲冰冷的風平空颳了出來，溫度奇低，剎那間我只感覺整個人連同血液都快要冰凍了，就連那些冰牙精靈竟也表情一愣，顯然這種溫度對他們來說並不太正常。

很快地，銀白色法陣開展，將帶回這些溫度的主人們送至我們旁側的小空地上，那是先前隨同大王子離開的另外半支精靈部隊，人數比剛才離開時少了點，現在出現在我們面前不過七、八名的精靈戰士，其中居然有四位身上都出現嚴重的傷勢，大部分是撕裂傷，全聚集在手臂與胸口上，連精靈輕甲都沒能扛得住這種攻擊，整片整片裂了開來。

雖然看上去怵目驚心，不過傷口都已經被薄冰封起，附近的精靈們連忙搶上前幫那些戰士緊急治療。

再次捲起冰冷的風，這次帶回來的是大王子的身影。

與精靈戰士們的狼狽不同，泰那羅恩看起來依然很整潔，該白的地方白、該亮的地方亮，似乎他與精靈部隊面對的不是相同威脅。

大王子只是冷然地朝我們這裡掃了眼，注視停在學長臉上，淡淡地開口：「回返燄之谷嗎。」語氣是肯定而非詢問。

「是的，我也繼承燄之谷血脈力量，火流河被趁隙入侵，不能不去。」學長停頓了下，似乎在思考些什麼，然後才回答：「或許這也是個機會，將那段舊怨燃盡，解去母親還遺留的一些掛念。」

舊怨？

這個我就沒辦法發問了，顯然是人家父母輩的事情，我看阿法帝斯也低下頭，可見對燄之谷而言這事情不算小。

「那就去吧。」大王子轉向阿法帝斯，看似很隨意地抬起手，白色手指停在狼族的胸口前，接著一絲詭異的血紅色線條竟然就這樣從阿法帝斯剛剛爆血的位置被拉出來，大約十五公分左右的血線脫離身體後，貌似很痛苦般開始扭曲，自己纏繞成一團，幾秒後啵的一聲在空中炸成冰粉。「詛咒，衝擊火流河的有黑術師。」

阿法帝斯的狀況瞬間好起來，他愣愣地看著大王子，剛剛那麼多精靈也沒人可以眨眼就把這種詛咒給拔出來，包括也是擅長法術的阿法帝斯在內，所以他看上去不知道要做何反應。

在鬼王那邊大概可以猜到大王子估計是把二王子最後統整的畢生所學都塞進自己腦袋裡面了，所以看到對方這個手法我也不太意外，我反而覺得大王子搞不好現在還是什麼精靈族的首席精靈術師之類的，只是沒有把身分加上去而已……也有可能其實有啦，沒介紹出來就是。

畢竟過了千年，三位王子原本就都有各自變態的地方，大王子進化成戰場和術法雙棲的王者完全合理，超正常。

「準備好，原地集合。」泰那羅恩非常淡定地朝我們開口，彷彿我們也是他調派的精靈部隊。「我也去。」

學長一愣，大王子的身影直接颯爽俐落地消失在我們面前，直到全部人石化了很久、很久……才消化了大王子那三個字的意思。

我也去。

※

「學長……」

「？」

「剛剛不是錯覺吧。」

啪！

痛感從我腦袋後炸開。

我靠真的不是錯覺！但是你打我幹嘛啊！

捂著腦袋，我指控地看向露出「打你又怎樣？咬我啊」表情的學長。

我、我還真咬不了他！可惡！

揉著後腦，我很悲傷地把無辜往心裡吞，我覺得學長根本已經打到順手上癮了，他打我完全不需要理由啊可惡！這樣對嗎！說好的尊重友善包容愛呢！難得我覺得這次從獄界回來想通很多事情，有點長進了說！

學長的神色有點複雜，感覺上他似乎有點想要大王子去，但是同時也不想大王子去，整個人有些猶豫，這和剛才阿法帝斯他們聽見學長要回去時的反應很相像，俗稱的現世報。

倒是夏碎學長鬆口氣，「雖然不知爲何殿下突然這麼說，不過應該有他的考量，而且這樣對我們而言安全很多。」

我看看夏碎學長，再看看學長。

對吼！他們現在是傷殘兵！

「褚。」

「我什麼都沒想。」連忙退到夏碎學長身邊，我還是不太確定大王子眞正的用意是什麼。剛剛精靈部隊傷得不輕，他可以在這種時候離開冰牙族嗎？不怕敵人又打過來？還有當時究竟發生了什麼事情會讓精靈們傷成這樣？

這部分的疑惑很快就解開了，雖然花了很多時間在聽精靈們風花雪月，不過聽他們從那些精靈戰士轉述過來，我們才大概知道剛剛另外一端爆炸的狀況。

爆炸處也是一座村莊，不過距離冰牙族的城市更遠了些，當時爆炸力量眞的很大，大到遙遠的我們也能清楚看見——因爲整座山都被炸飛了。

倚靠在山邊的是個居住混合種族的小鎮，平時在裡面生活的總人數近萬人，大致上是個以製造金屬加工而聞名的工匠之鎮，商業流通也算發達。爆炸來得全無預警，就和這邊突發的狀況相同，只是最初被襲擊的不是小鎮本身，而是距離他們很近的高山，爆炸在山腹發生。鎮子的管理種族是妖精族，也有公會據點；他們第一時間反應過來，打開了最強的防護結界，駐紮在公會據點的白袍也立即向公會求助，接著整座小鎮就被傾覆的山體整個埋在底下，當場幾名術士沒扛得住，就這樣被恐怖的壓力活活壓死。

小鎮有一半的人在術法崩潰中死去，倖存的人在剩餘的術士與公會支撐下，勉強在毀滅性的活埋中撐住了，只是那些人員也全體重傷。

大王子帶人趕去時正好碰上這個慘況，而且狀況非常危急。現在受傷最重的那幾名精靈戰士就是第一時間搶進去附加防禦結界扛起還在不斷崩塌的山體，被壓得差點身體爆開，一身帶有各種精靈守護的輕甲也被純粹強大的力量衝擊給壓壞了，呈現我們剛才看到的破壞狀。

大王子與其他人沒在第一時間進入的原因是，崩塌的始作俑者與我們這裡一樣，那裡同樣出現了大批黑術士，甚至還有一頭剛出生的食魂死靈，正準備大啖那些驟死的冤靈。大王子也沒多說，甚至沒聽黑術士自我介紹，就把人鋪天蓋地地打了一頓，那些等級不高的黑術士和我們這邊的一樣被打得蒸發了，沒有留下活口，才剛形成沒多久的食魂死靈直接被精靈王子分解，瞬間升天去了。

接著大王子才帶著其他戰士進到小鎮中加固結界，把剩下的倖存者盡快移到安全之處。

因爲術力的波動，他們很快找到了黑術士要炸山體的原因——山的中心點封印著一頭不知是什麼年代的小魔獸，估計黑術士是想要解放魔獸，順便養肥食魂死靈，然後引出幾個精靈殺殺，完成獄界來的襲擊。

魔獸不用多想，帶著封印一起升天了，大王子在戰場上完全沒有廢話，做事快狠準，絲毫不浪費時間。

說起那瞬間的調動指派，連訓練有素的精靈戰士們也露出崇拜的神情，雖然衝擊的力量讓他們受到不小傷害，但他們四人之力就是當時可以完全扛住山體的最低限度，能讓出更多戰士一舉殲滅那些黑術士，沒有後顧之憂，顯然大王子對他們所有人的力量技能了然於心。

不過這也無法解釋大王子爲什麼要和我們去䫻之谷。

想來想去也想不出來，我們只好按照大王子的吩咐，先去整頓自己。

來的時候其實沒有太多東西，離開時反而不少，大多是精靈們這邊給一點那邊給一點，所以存放東西的空間也有點滿了。

重返小廣場時，五色雞頭已不知從哪裡蹦出來，正在一臉無聊地和黑小雞大眼瞪小眼。好補學弟換了身衣服，那條手臂重新長了出來，不過看起來狀況好像不是很好，手有點軟趴趴地垂在身邊沒什麼動作。

其他人大致也都準備好了，不過千冬歲的表情看起來很奇怪。

「漾漾，我們不能過去了。」喵喵有點不滿，粉色臉頰鼓鼓的，和千冬歲一樣很不開心，「公會緊急徵召我們回去，沒有明確任務都不能拒絕。」

這時候就凸顯有加入公會和沒有的區別了，千冬歲看起來很想撕了他的公會資格一樣。而摔倒王子比較沒有那種不甘願的神情，應該說其實他和阿斯利安的任務早就完成了，所以這位王子應該對於去哪裡都沒什麼意見，只要能把阿斯利安拎回去休養就好。

「學長和夏碎學長不用回去嗎？」我看向另外兩個好像完全沒有受到影響的人。

「一，有些黑袍在合理情況下，不用聽從緊急調派，很遺憾地我也是那個範圍裡面的黑袍。」學長挑起眉，「第二，我還沒正式回歸公會復職；第三，事關於我的起源種族，也就是家事，有絕對的理由不用聽從。」

「同上。」夏碎學長給了讓人很吐血的兩個字。

同你的頭啊那又不是你家的事！

「哥，你和我一起回去。」千冬歲很不死心地轉向夏碎學長，湧起一股乾脆把對方打昏拖走的氣勢。

「有泰那羅恩殿下，你還不放心嗎。」夏碎學長微微笑著。

「不放心。」千冬歲完全不買精靈的帳。「我連你們先前去了哪裡都不知道，怎麼可能放心。」

看來千冬歲沒忘記要針對先前的事情算帳。我才這麼想著，旁邊突然傳來強烈幽怨的眼神，我完全不敢回頭看，肯定是黑小雞也想起來要追問這事情。

到底要用什麼辦法告訴他們，我們這些人去了獄界鬼王家一日遊，他們才不會抓狂呢？人生難題。

然而千冬歲的抗爭並沒有很長，因爲下一秒泰那羅恩就無聲出現了。

換上一身比較簡便的樸素衣裝，甚至銀白色飄逸的長髮都重整過，大王子看了我們一眼，走到阿法帝斯面前。

大致上這次一道來的所有人中，摔倒王子、阿斯利安、喵喵、千冬歲和萊恩，以及不知道爲啥跟上去湊熱鬧的色馬，必須前往最近的公會據點中接受各自袍級的指揮調派，而且很可能是身爲黑袍的摔倒王子將被指定爲臨時隊長。

而我們這邊則剩下我、學長、夏碎學長、不知道爲什麼跟上來的好補學弟、五色雞頭與黑小雞，隨同阿法帝斯和其餘狼族重返燄之谷。

原先我勸過好補學弟和千冬歲他們一起去公會，順便讓喵喵他們替他安排保護，不過好補學弟死活不肯，一直黏在我身邊，也不願意留在冰牙族，礙於他才幫阿法帝斯治療過，我也就不好意思太強迫他的意願。

另外就是要一起離開的大王子泰那羅恩，與出現在他身後、八名打扮看起來不太像戰士的安靜精靈們。

說不像戰士的原因是，我覺得這些精靈的打扮，看起來竟然比較像二王子曾指揮過的精靈術師小隊，全都是很低調的白色長袍，衣袖上有些我無法分辨的特殊圖騰，一種冷光氣流在他們身邊若隱若現，相當不明顯。

「走吧。」

大王子簡短兩個字。

於是，我們在精靈這邊的悠閒時光終於結束，要回到不悠閒的人間了。

※

原先我以爲我們應該會這樣一堆人浩浩蕩蕩地直接出發殺回去燄之谷。

然而並沒有，阿法帝斯在離開冰牙族後，打開他專用的火焰通道，轉向泰那羅恩，開口：「大王子如果有什麼要事就快去吧，燄之谷也不是說被攻打就會破滅的脆弱種族……哼，想要吃下我們，魔神都要付出代價。」

他說的也沒錯，炎狼根本好戰分子，搞不好現在趕回去正好看見入侵者集體被分屍的畫面。

所以大王子是要藉這個機會做什麼事？

泰那羅恩沒開口，倒是那八名術師其中一名站了出來，是一位女性精靈，也是裡面唯一的女性精靈，打扮與其他七位同伴稍微不同，眼睛是冰藍色的，長髮與其他冰牙精靈很相像，都是銀白到近乎透亮的顏色，就像冰晶一樣。

可能是得到講話要簡短的指示，這名看似二十出頭的女精靈一開口就沒什麼風花雪月，很直爽俐落地告知他們的目的。「未事前告知請諸位見諒，我爲凝術大屋雪系部隊小隊長，西寧。我等爲大屋精靈術師部隊，此行任務是修復兩族與鄰近所屬的空間通道，包含對外通連的商業通路。已確認黑暗同盟以不明手段入侵普通平民所用之道路，冰牙族附近村鎮與蝶城周圍村鎮皆出現大小不一的襲擊，希望燄之谷能借道，我等會盡快搶修所有毀損。」

阿法帝斯沉默了半晌，點點頭。「那就麻煩幾位了。」說完，他從自己身上掏出一個長舌頭的布偶遞給對方，也虧那個女精靈可以面不改色地收下來，還中規中矩地朝阿法帝斯道謝。

「雖說是精靈術師，但危險度也有，沒問題吧？」

「我等為大屋二代的精靈術師，請不用擔心。」西寧勾起淡淡的微笑，夢幻般的美麗表情讓我也有點看呆了。

所以真的是以前二王子那個大屋嗎？

雖然不是我的記憶，但我突然有種恍如隔世的感覺。現在的大屋不知道是誰在管理，變成怎樣了，裡面還全都是以前二王子當時或多或少提議的規劃嗎……如果早知道會看到那些記憶，剛到冰牙族時就該多請精靈們帶我參觀各處地方，就可以讓殊那律恩知道一點現在裡面的狀況。

「稍晚，我會趕上你們。」看來也是要和精靈術師們走一道的大王子說：「很快。」

「等等。」學長攔住正要轉頭消失的泰那羅恩，很匆忙地把手裡的東西塞給他，倉促之間，我看見是裝著類似神舍利子的長盒子，大王子愣了下，接過後便和精靈部隊消失在我們面前。學長背對我們，好像嘆了口氣，轉回過頭已變回我熟悉的那個學長，「走吧，我們也回燄之谷。」

趕緊跟在大部隊後，剛剛看見盒子時我才想到另外一件事情，立即把鬼王交給我的盒子掏出來，往旁邊的黑小雞塞過去，「這給你。」

哈維恩接過小盒子，臉上也一陣訝異，「這是……？」

「漾～你藏了什麼好東西？」五色雞頭直接從後面撲到我背上，害我差點往前撞到阿法帝斯，幸好黑小雞把我拽住了。「大爺的伴手禮呢？聽說你們私奔跑去好地方了，快點交出來。」

「你才私奔！你根本和精靈私奔，都沒看到你！」沒好氣地拍掉討禮物的雞爪，我白了眼跳下來的五色肥雞。「你到底在幹嘛啊？」

「也沒幹嘛啊，就一直幹架。」一說到這個，五色雞頭整個興致勃勃，「你都不知道這裡能打的精靈超多！跟山一樣多！本大爺從來沒有打得這麼爽快過。」

恕我失禮，這裡恐怕連精靈小孩都能打。

見過二王子那種太具詐欺性外貌的精靈代表，我相信一個十歲的精靈小孩不但可以成爲精靈術師，肯定也會有精靈武士，時時刻刻打趴你啊大哥。

「所以你一直在打架？」其實之前也知道他就是一直在找人打架，不過沒想到會消失得這麼徹底，比在燄之谷那個戰鬥種族裡還要徹底。

「嗯，對啊，他們還給本大爺這東西。」說著，五色雞頭突然張開手掌，上面凝聚了雪色的寒光後，猛然出現了一把短刀，大概有半手臂長，雖然收在精緻的白色刀鞘中，卻仍可以隱約感到裡面有一抹鋒利的煞氣。「說是啥六眼水蛇的靈刀，反正他們也不能用，就給我了，好像煞氣很重吧。」

聽到這些話，走在旁邊的哈維恩差點摔倒，猛地轉過來瞪著五色雞頭，「那是鬼眼水蛇一族的六靈刀，有沒有常識！都是獸王族的東西！」

「本大爺跟那東西又不同族，他要長幾隻眼睛干我屁事！」五色雞頭也很不客氣噴回去。

我看見前面的夏碎學長都笑了，真心覺得五色雞頭這傢伙太可恥。

「那是什麼東西？」我望向黑小雞，等萬用辭典。

哈維恩沒好氣地又瞪了五色雞頭一眼，邊收起我給他的東西邊開口：「鬼眼水蛇也是黑色種族之一，不過與沉默森林並無往來，底細我也不太清楚，只聽說他們的水域曾絞殺很多種族，先前有不少部落、大城發起過討伐，雖然衝擊造成死傷，但大多數都沒有完全攻陷鬼眼水蛇，拖延久了往往都撤兵回去。」

「那是因為，鬼眼水蛇的毒水域大多都是沼澤，而且佔地不小。」學長的聲音從前面飄來，「死在毒沼澤的人都是主動入侵的襲擊者，所以在人家土地上被驅逐和殺害，領地範圍外就沒有其他的攻擊死傷記錄，以這種狀況為前提，公會並不受理剿滅申請。」

看來公會處理事情有自己的一套準則，這種平白無故入侵種族領地造成死傷的工作似乎不太接。

黑小雞點點頭，「沉默森林也是這樣的狀況，我們只擊退進犯的外來者，只要不是我們的領域、沒有事故，我們不會主動攻擊。鬼眼水蛇的六靈刀是四、五百年前蛇族工匠打造出來的武器，原本好像是為了誰而鍛鑄的，這方面我不太清楚，只知道後來沒有送出去，可是六靈刀用了大量靈氣打造，引起很多人覬覦，還搶奪了好一陣子。」

……被搶的刀怎麼後來出現在冰牙族？還很像沒價值的禮物送給五色雞頭？

「那把刀因為問題太多了，後來真的被搶走，搶的那群人好像也不是好東西，隨後他們碰上冰牙精靈，被打了一頓，繳出來的刀原本要送回水蛇一族，沒想到鬼眼水蛇打死不收回，就一直擺在我們冰牙族了。」學長說著，還回頭看了眼六靈刀，露出一種不知道是不是想看好戲的表情。「平常沒什麼人在用，畢竟是黑色種族的武器，上面還封印了大部分煞氣，說不定給西瑞正好，雖然黑色種族使用會更好。」

「本大爺本身就是武器，才不用這種小孩子的東西！」五色雞頭說著就把短刀往我手上一塞，「拿去，伴手禮。本大爺的呢？」

說到底，你還是要跟我討東西啊喂！

看著手上很有來頭的殺人短刀，我哭笑不得，「我也不是用短刀的啊……」我近身搏鬥差不多就等於兩眼開開準備投胎了啊大哥。

於是，我把短刀放到黑小雞手上，「這個你應該比較適合吧。」

哈維恩整個愣住，看了看我，又看了看竟然沒撲上來搶的五色雞頭，整個人很震驚。

不知道為什麼我有種感覺，五色雞頭完全知道我不擅長近身打架，只敢放冷槍，這把短刀未必眞的就是要給我的，我們身邊能使用的黑色種族想來想去也就那一個。

黑小雞還沒震驚完，五色雞頭的手已經朝他伸過去。

「……幹什麼。」哈維恩冷漠地瞪著那隻手。

「大爺給漾的東西你拿走了，剛剛漾給你的伴手禮是不是該給本大爺。」五色雞頭搭著我的肩膀，非常理所當然地討東西。

……

……

至於嗎？

難道你就是存心要分我給黑小雞的東西才來這齣？

「不。」黑小雞悍然拒絕，「即使已經用不上，但我主所贈之物怎可能給你！」

「你用不上了？」這次換我訝異了，鬼王還特地幫他準備的呢。

黑小雞很認真地點點頭，「雖然不知道你從哪裡拿回來的，不過我的傷我自己能處理，只是術力反彈，很快就治癒了。」

「呃……這樣喔。」

「不管！不然刀還我！」五色雞頭開始吵鬧了。

「不，這也是我主所贈之物。」黑小雞瞇起眼睛，生氣了。

「土匪啊你！世界上只有本大爺搶人，沒有人可以搶本大爺！」

眼看兩隻雞……兩個人真的快打起來了，我很怕開路的阿法帝斯會把他們兩個塞進通道火牆裡面一起燒雞，連忙擋在他們中間，「這樣好了，既然你用不上，那看看裡面是什麼，可以分的話給西瑞一半吧，畢竟刀原本是他的。」

哈維恩看起來一臉抗議，但是我開口了，而他也確實沒有打算還刀，還是乖乖把小盒子拿出來，打開之後裡面是一顆彈珠大小的紅色丸子，開蓋後散發出一陣細緻的花香，聞起來很舒服，應該是給他用的治療藥物。夜妖精嘖了聲，把丸子掰成兩半，直接把一半丟給五色雞頭，剩下的蓋上蓋子，瞬間又被他收回，速度之快。

「也太小氣。」五色雞頭看看手上半顆藥丸，對黑小雞扮了個大鬼臉，直接把藥丸像零食一樣丟到嘴裡。

「……你不用先確定是什麼嗎，當心中毒。」好歹那也是藥吧，居然這樣吃下去嗎？我很無言地看著這隻貪吃的雞。

「本大爺什麼毒沒吃過……」五色雞頭還沒吹噓完，突然整個人停下來，本來欠揍的臉突然漲紅，他難以置信地看了看我又看看黑小雞，下一秒狂暴汗，一張嘴巴也紅腫了起來，同樣紅通通的脖子都暴筋了，「……我靠……好辣——！」

五色雞頭跳開，拿出超多水猛灌，連夏碎學長他們都停下腳步，很驚訝地看著五色雞頭的反應，趕緊拿出一些精靈飲料給他消辣。

我看向哈維恩，後者趕緊拿出盒子，再次打開盒子時，上面飄下來一張紙張，有點小小的術法波動，看起來就是設計成藥丸有缺時才會出現。

紙張上寫了幾個通用字——

特產鬼椒作為警告，以後不要隨便衝撞未知空間。

哈維恩掐了下半顆藥丸，那層紅色外皮應聲而碎，飄出恐怖的辣味，底下的白色部分才是眞正溫潤如玉的藥物外層。

「……」

「……」

不知道爲何，我開始覺得鬼王眞的有點恐怖了。

嚇死人那種恐怖。

※

幫五色雞頭消辣拖延了點時間。

獄界鬼椒也不知道是什麼鬼東西，竟然連灌了幾杯精靈飲料都消不掉辣，後來還是學長用上治療法術才一點一滴退掉劇辣，五色雞頭罵到不行，一直在祝幕後黑手出門撞到柱子、走路滾下樓梯什麼的。

反而那顆藥的眞正藥力不知道是什麼，就這樣在狂辣之中被消化掉了。

確認眞的沒事，阿法帝斯才打開通道的終點——燄之谷的專用傳送地。

因爲被辣藥丸鬧了一番，所以我們這時其實是有點放鬆的，加上這個通道應該是阿法帝斯私人專用，終點也是他管理的，以至於完全沒料到一到達目的地之後，立刻就有極高溫度朝我們這邊襲擊過來。

阿法帝斯和黑小雞瞬間擋在所有人面前，烈焰與黑色的刀風直接撕碎朝我們捲過來的狂火，大量火星甩落在周遭，染出黑色不祥的力量。

「阿法帝斯。」不遠處，有個黑色人形在火焰中慢慢出現。

「……宗道魁，果然是你。」阿法帝斯冷冷看著火焰人，「能潛入火流河的叛徒還眞不多，上次沒死成，這次回來報到嗎。」

「你以爲我會再像上次一樣嗎。」火焰人哼了聲，接著往我和學長看過來，「很好，該死的異血子，今天就把你不純正的血統肅清，女王即將回歸，你們這些竊黨歸還歷史的時間也到了。」

「住口！少主是我燄之谷眞正的繼承人，你們這些勾結鬼族的叛黨，今天就一次將你們肅清乾淨！」阿法帝斯猛然一揮手，我們周圍炸出大量火焰，雖然熱度沒有燒到我們身上，不過光看我也感覺置身火海，眞正的溫度絕對高得可怕。

「阿法帝斯啊……你知道你也是我們要的人，少抗拒就少受傷，衝擊火流河對你的傷害不小吧。」火焰人陰森森地笑了，「被火焰詛咒的滋味如何。」

「你看我像是被詛咒的人嗎。」阿法帝斯抬起手，火紅色的刀光在他手中一閃，直接劈開火焰人。

不過火焰人似乎沒有眞正的形體，被斬開也只是分成了左右兩半，還很吃驚地說話：「你竟然擺脫了？不可能！那是用你的血做成的衝擊詛咒！」

「難怪能直接傳到我身上進行刻印，你們這些噁心的叛黨！燄之谷做事光明正大，有本事就用實力打敗我們，動手動腳算什麼炎狼！」阿法帝斯罵道：「連炎狼的尊嚴都沒有，還敢說正統！滾回去你們的獄界縮頭縮尾吧！」

說完，阿法帝斯握住長刀，腳一蹬直接衝到火焰人前面，補上的刀鋒朝火焰人橫向斬開。

「……阿法帝斯，你果然還是年輕了點啊。」

火焰人一晃，形體突然消失，再次出現時竟又是完整的火焰人形，而且在阿法帝斯的正後方，帶著黑色氣息的火焰纏繞到青年身上。「既然要用你的血對付你，怎麼會只有那一點，你以爲受傷的你還能做什麼，你和岡茲根本不是同一個層次，不入我的眼。」

我們這邊，學長和哈維恩幾乎同時行動了，但一樣的火焰人突然出現在我們所有人面前，而且是一人一個，連我正前方都冒出帶著強大力量的火焰人，同樣被針對的好補學弟更是尖叫一聲跳到我背上。

學長手上瞬間甩出冰色長刀，斬掉了火焰人，夏碎學長也是極快速度用符咒炸毀眼前的阻礙，黑小雞更是凶猛地撕碎，但是所有火焰人被破壞之後馬上又相連恢復，在我們面前發出恐怖的陰沉笑聲。

「黑術士的力量，附近有黑術士！」我感覺到細微的黑暗朝我飄來，整個人有點炸毛了。

眨眼時間，阿法帝斯從那些火焰中跳出身，眉頭一皺，他的右腳踝出現了一條詭異的腳鐐和鎖鍊，整付鎖鍊赤色通紅，似乎剛從鍛造的高溫火焰裡拿出來一樣。

「公主死前給你的『鑰匙』，你該交出來了。」火焰人再次出現在阿法帝斯對面，手上抓著鎖鍊的另一端，「感受到了嗎，力量被壓抑的滋味，對付你這種小輩還不用我全力。」

「哼。」阿法帝斯抬起手，長刀揮落，竟然要直接把自己的腳給砍斷。

「別這樣！」我不自覺大叫出來。

阻止阿法帝斯的不是我，也不是還在和火焰人糾纏的學長，而是超大的手掌，有力地一把抓住阿法帝斯自殘的手腕。

「對，不用砍。」

伴隨一陣囂張的大笑，像是小山一樣高大的身體出現在阿法帝斯身後，也就是他阻止了青年的動作，「看不起我們家的小阿法，那老子現在就來入你的眼！」

山大王降臨了。

第六話　獄界女王

「放開！」

阿法帝斯用力抽回自己的手，冷冷地收回長刀，「你不該出現在這裡。」

「少主回家嘛，總該來迎接。」山大王拍拍同族的肩膀，「阿法帝斯，你今天太衝動了點啊，對一個幻影就這麼火爆，那逮著本體時該不該讓給你分屍啊。」

橫瞪了一眼山大王，阿法帝斯倒是退後了一步，腳鐐帶起一絲火焰，他皺起眉，烈火在腳與鎖鍊間炸開，但鎖鍊竟然奇異地毫無受損，不過原本被火焰人抓住的那頭倒是從火中脫落了，整截鍊子長長地拖在地上。

山大王出現同時，那些阻擋我們的火焰人被座前武士的氣勢給壓得一震，接著火焰消散，我們立刻就能自由行動，學長和夏碎學長立刻站到阿法帝斯兩側，協助他檢視腳上的東西。

「這是……」夏碎學長皺起眉。

忌憚於山大王，火焰人已退離我們很遠，陰冷地嘿嘿笑著，「阿法帝斯，看看你還有多少能耐吧。」

語畢，火焰人轟的一聲直接炸開，大量火花撞在我們前面的防禦結界上之後很快熄滅，阿法帝斯腳上的腳鐐也瞬間從火燒般的通紅急速轉爲深黑，拖長的鎖鍊上更是纏繞出一絲詭異的陰冷寒氣。

山大王嘖的聲，一揮手，四周火海全都像是被重物壓彎般漸漸向下收走，最後一點不剩，空氣中吹來清涼的風，緩緩驅散原本快讓人喘不過氣的炙熱。

「這是什麼東西？」我湊到邊上看，黑色的腳鐐上沒有鑰匙孔，一體成形般完全沒有焊接的部分，那條鎖鍊也活像從腳上的腳鐐邊側生長出來。

回答我的是夏碎學長，他站起身，有點苦笑地開口：「這是用阿法帝斯的血液做成的噬魂鎖，如果不盡早解開，可能會不斷蠶食他本身的生命力或是術力，直到生命終結爲止，也是一種極端的詛咒。」

「你小子啥時噴這麼多血給他們。」山大王挑起眉，用腳踩住鎖鍊，原本冷哼著正要扭頭離開的阿法帝斯被拉得一個踉蹌，差點沒往前撲倒。

「戰爭時誰沒流過血，鬆開！」阿法帝斯沒好氣地使力抽回那條像尾巴一樣的鎖鍊。

「也是，宗道魁那老頭算是看著你從小長大，打仗時也沒少一起殺敵過，嘖，眞麻煩。」

山大王雖然這樣說，不過我隱約可以感覺到他心情並不是很好。畢竟再怎麼說，那也是他們出生入死過的同族，現在站在敵對面了，不管是誰都會不好受。

我發現我似乎越來越可以感覺到一些情緒波動，尤其是負面情緒，即使對方沒有特別表現出來，但我好像也多少可以感覺得到，就好像可以聽見那些低等鬼族的心語，似乎越是負面的狀況越容易聽清。

「你小子也太容易著道，衝擊火流河也被詛咒了是不是，我看看哪裡被詛咒。」山大王一把拉住阿法帝斯的後領，正要重新往前走的人又被他拽住。

「不要動手動腳！滾開！」阿法帝斯這次真的發火了，一刀子就往山大王臉上劈去，不過被輕鬆閃開。

「別鬧，少主在。」避開刀鋒的山大王立即變得正經無比，轉頭馬上對學長慎重行禮，「狼王座前武士岡茲．坦扎姆，見過小少主，迎接來遲，請少主大人有大量，別和我這狼計較了。」

學長很隨意地揮揮手，看上去還眞有點王族的感覺，「現在燄之谷什麼狀況？」

山大王直起身，「坦白說，少主沒別的事就先別回去吧，省得看到煩心的東西。」

「『她』來了。」學長臉上的表情沒什麼改變，也不是用疑問句，只是很平靜地說著：「早晚都要對上，學院那時被耶呂的手下利用了，反而誤打誤撞避開『她』，否則當時屍體被奪走就不是這麼簡單的事情了。」

「沒錯！原本我們燄之谷已經做了最壞的打算啦，如果少主落進『她』的手裡，整條火流河得馬上封閉，燄之谷要重返歷史，先幹掉他半個獄界再說。」山大王露出一種要做大事的邪惡表情，「可惜沒成行，老子這輩子還眞沒去獄界會會那些高手過。」

山大王感慨了一番，又繼續說道：「那群黑暗同盟的小子這次也眞是用足了腦袋，會同那些各族奸細用了很長的時間在來往通商的走道慢慢埋入他們的特殊術法，太微不足道了反而沒被發現，沒想到全部接在一起爆發會這麼危險。我們附近幾個部落一共壞了八條大大小小的空間通道，不過燄之谷本身的倒沒毀，冰牙族那邊也一樣狀況吧。」

「嗯。」學長點點頭。

確實，連繫上冰牙本身的空間走道都沒事情，到目前為止被入侵的全都是附近村莊使用的通道，連學院那邊也是商店街通道，直連進學院的倒是沒聽到有災情。

「和那些漂亮精靈遇到不一樣的是，宗道魁那老小子上次被打進火流河之後，還以為他重傷跑了，沒想到不知道用啥方式竟然潛伏在火流河裡，還讓他從裡面打開獄界鬼門，眞是太讓老子吃驚了。」山大王給我們描述了下，原本火流河是世界脈絡的火系動脈，照理來說就算強如狼王那種能力者，在火流河裡被衝擊一段時間都會魂飛魄散，然而那隻叫作宗道魁的狼族竟然倖存了，還在他們前往冰牙族、狼王不在之際，從脈絡中打開獄界鬼門，這才反向衝擊了火流河，造成嚴重襲擊。「本來在裡面修行一些小輩死的死、傷的傷，幾名協助守護者都承受大小不一的創傷，木樨和狼后趕到時只來得及封鎖被侵蝕的那一段脈絡，現在還僵持著。」

「難怪我會感受不到外敵預警。」阿法帝斯低頭罵了一句可能是髒話的東西。「火流河中要開啓鬼門比外界難上數百倍，爲什麼裡面會有鬼門點？」

「兄弟，你才是火流河守護者之一，還是公主直傳，這話該問你吧。」山大王戲謔地看著阿法帝斯，後者扭開臉，表情陰森可怕。

「……食魂死靈？」我不由自主地開口，瞬間所有人的視線唰唰看了過來，學長和夏碎學長都對我露出認同的神色，我就硬著頭皮說下去：「冰牙族附近的村落也有鬼門被打開，那個鬼族說，是用食魂死靈開的……」

山大王和阿法帝斯臉色一變。

「萬魂祭門嗎。」阿法帝斯握緊拳頭，手背都發白了。

「宗道魁這群人眞是不墜鬼邪心不死啊。」山大王嘆了聲。「算了，我明白少主爲什麼非得回來，咱路上說。」

火焰通道再次出現。

※

「一般製作大型且固定開啓的空間走道時，會與多方種族簽訂同意合作，然後在空間與時間運行的許可範圍中交付代價，打通空間走道，這條走道就會一直連接著制定的定點，留在同一個地方。」黑小雞在大家一起移動時，抓緊時間回答我的疑惑，「當然個人的沒這麼麻煩，有能力的人就會自己穿梭，也沒必要製作。這通常運用在商業與軍事，學院裡有非常多，你也使用過不少次。」

我點點頭，我知道學校裡超多亂七八糟的傳送走道，之前有次想回宿舍拿個東西，一不小心拐錯彎，活生生被傳到看也沒看過的地方，還好在路上遇到好心的學生，指點我原路重走，不然眞是哭也哭不出來。

「鬼門也是一樣的道理，但連接點卻是從獄界連到他們想要侵略的世界，打通鬼門的方式除了上述那種不可能有正常人會理他們的方式以外，另一種方式便是對時間與空間進行扭曲並污染，讓合理的時空被鬼族所掌控。」黑小雞想了想，好像是想要把困難的道理簡化給我聽。「總之就是把白色的時空污染成他們專用的時空，進而拓展成走道，就可以讓鬼族輕易大舉入侵。畢竟六界相隔原先都有阻礙，若是打通界與界之門，就可以省去越界時的反彈……這你先不用管了，有人會去處理那種反彈。」

界與界？

等等，我覺得我好像聽過類似的事情。

猛一看向夏碎學長，他朝我微笑地豎起手指。

果然沒錯，上次來時聽到狼王封閉了六界外的幽冥走道，八成就是這什麼界與界的門有的沒有的。

不過這個空間走道眞的聽得我滿頭星星，我還是先理解爲有很多方法能打開空間走道，鬼門也是一種空間走道好了。

「鬼族污染時空的方式通常是血祭，通過血祭靈魂與生命，扭曲時空的機率會提高許多，越是心懷怨恨的悲慘魂靈，被獻祭之後越容易破壞正常的時空運行軌跡，也就是說用這種方式打開的鬼門，至少要焚燒一名以上的死靈作爲血祭。」

哈維恩說完，我立刻知道爲什麼在精靈那邊，他們一聽到是食魂死靈會那麼生氣了。

鬼族不一定有那麼多食魂死靈，但是黑術士似乎非常喜歡養那種東西，看來這些很有可能是黑暗同盟提供給他們的……對了，剛剛在附近的黑術士怎麼也跟著不見了？

山大王出現之後，那些黑色力量跟著消失，逃得非常之快。

「冰牙族附近的鬼門使用了三頭食魂死靈爲祭，火流河中的鬼門，恐怕只多不少，焚燒死靈的怨恨已經影響到火流河。」學長搖搖頭，「這次過後，火流河得關閉一段時間，讓脈絡力量先把那些影響沖刷乾淨。」

「公主交由我保管的『鑰匙』，此次正好能返還給少主。」阿法帝斯突然回過頭，對學長說道：「火流河的七名守護者，除了狼王與狼后，剩餘幾位全都是王族之身，當時公主因爲信任而將她保管的『異世』之鑰放在我身上，現在少主回歸，這份力量也該由您持握。」

「『異世』……可以在他處開啓火流河的封印力量。」學長沉吟了半晌，「相較另外幾把，異世是最容易被搶奪的，母親會相贈於你有她的理由，火流河的協助守護者並沒有規定必須是王族，全都由王族持有也不是好事，你就好好收著吧。」

雖然學長講得很正經，但我就是有點懷疑他是不是懶得去接這個大麻煩。

「但……」阿法帝斯正要開口，突然安靜了下來，山大王的火焰通道已經到達目的地。雖然有保護術法，甚至我也讓老頭公加強了抗火結界，不過迎面而來的燒灼仍異常強烈，都快有種眉毛要燒起來的錯覺了。

上次來火流河觀光時的結尾給我的回憶其實不太美好，但火流河巨大強烈的火焰力量確實給我留下深刻的印象，然而現在眼前的火流河和我當時所見已完全不同，不過才短短幾天時間不見，整條火流河……不能說是河了。

出現在通道盡頭的是巨大的火龍捲，就像可以籠罩整座巨大城市的超大型颱風般龐大，我們的目的地就是這個火龍捲的中心，狂風捲繞的火壁上可以看見各式各樣奇怪的面孔一閃而逝，龍吟般的怒吼聲就算有保護結界隔離，還是將那種恐怖的狂嘯聲傳遞進來，讓我一踏進這裡就心驚膽跳，腳步跟著有些虛浮。

火龍捲的中心點被強悍的火焰術力鑄造出高高低低的七個浮空平台，每個平台上都有不同的燄之谷軍隊蓄勢待發，最高的那處赫然看見了狼后所領的王家武士部隊，身邊一字排開全都是座前武士，我見過的木樨還有沒見過的人都在那裡；而我們所在之地則是其中一個較小的平台，距離我們左側大約一百公尺處有一支全狼形部隊，看起來約莫三、四百頭體型像大象的火狼，動作整齊地呈現備戰姿勢。

狼后現在的樣子並不是我之前見過的白狼，而是一名看上去好像才二十多歲的女性，面孔與燄之谷公主有七、八分相像，既優美又帶著烈焰般的艷麗強悍，讓人一眼就留下極爲震撼的印象，白色長髮此時全都整齊地束在腦後，在白與金的火焰映襯下，似乎閃爍著金色流光。

如果不是因為她的力量感和氣勢與先前見過的白狼幾乎完全一樣，我還真會以為她是第一公主的姊姊或是同族姊妹，那種洶湧的氣勢與生命力簡直像公主從雕像走出來一般。美艷的女性身上披戴的是火紅與金色交織的戰甲，看起來並不沉重，反而有些類似精靈所使用的輕甲，每次有熱風吹過時，都會從上面帶起一絲白色的火焰跳動，看起來戰甲像也是活的。

我只稍微看了一下，就覺得眼睛好像有點燒痛，連忙低下頭。

旁邊的好補學弟更是嚇得完全不敢吭聲，戰戰兢兢地貼在我背後，僵硬得像塊石頭。

狼后的視線並沒有朝我們這邊轉移，應該說，就算我們這樣莫名其妙地出現了，包括座前武士與戰士團在內，沒有人往我們看一下，全部人皆凝神戒備地盯著火龍捲的另外一端。

跟著視線看過去，我才發現雖然不是很顯眼，但在瘋狂肆虐的火龍捲另外一側，似乎有一點若隱若現的黑色，抓狂的火流河好像就是因為那個東西而讓火焰脈絡充滿了憤怒、想要把異物燒盡的排斥感，這種感覺大到我就算不用刻意去聽也可以很容易感受到。

黑色的東西並沒有因為火焰沖刷而消失，反而在半空中又大了一圈，黑暗的存在感越加明顯，到後來已經不再被火焰覆蓋，慢慢地往四周拓展出烏黑色的腥血圖紋，有一部分是我在其他鬼門上看過的恐怖圖案，但大部分都沒有見過。那些帶刺的黑血圖案本身自帶殺戮氣息，雖然看不懂，但是每個字都是絕對惡意，光看都非常不舒服。

「他們還在焚燒死靈。」我旁邊的黑小雞動了一下，我這才猛然回過神，覺得毛骨悚然，因爲我居然不知不覺往前走了幾步，朝著黑色鬼門的方向。哈維恩現在的臉色非常不好看，雖然他看起來很黑，不過表情有點鐵青。「不該來這裡的。」

還沒意識過來哈維恩的意思，我突然覺得腦袋一痛，好像有道低低的細語聲打從心裡深處蜿蜒探出，像是蛇一樣點點滴滴地向上鑽。

你難道，不是我們的黑暗兄弟嗎？

那是非常友善的話語。

鬼門上血字閃現，從那裡傳來焚燒死靈時，魂靈破散前最後一聲淒厲的低號。有瞬間，我好像重新回到那時候的古代大陣前，夜妖精們正在燃燒自己的生命力，從那裡面透露出來的黑色記憶緩慢復甦。

我知道鬼門後有什麼，但是那裡對我並沒有太大的威脅，相反地，他們似乎正在對我釋出友好的呼喚。

就在我有點茫然之際，兩邊肩膀突然分別被人一按，錯愕了幾秒鐘，我才發現是學長和阿法帝斯一左一右抓住我的肩膀，那種在冰牙族時常常感覺到的冰冷但卻讓人很舒服放鬆的涼涼力量傳來，我整個人跟著清醒。

本來掛在我背上的好補學弟已滿臉驚恐地縮在五色雞頭後面，表情恐懼地看著我；而五色雞頭用一種凝重的眼神盯著，如果不是有人先制止我的行動，恐怕撲出來逮我的就會是他。

「你並不屬於鬼族。」

學長看著我，堅定地開口：「你知道你屬於哪裡。」

我再次怔了下，停住正在往前走的腳步，然後慢慢退回他們身邊。

鬼門，緩緩開啓。

⁂

在我們到來之前，鬼門開了幾次我不知道，但現在開的這一次，除了意志不堅定的我以外，另一個黑色種族——哈維恩，看起來也有點動搖。

夜妖精甩甩頭，似乎正在擺脫什麼牽引，不過他沒和我一樣往前走想做高空彈跳，而是一步也沒有移動地待在原地，很快地眼神又銳利了起來，手直接按在腰後的刀柄上，整個人氣勢變得凶狠，我估計黑小雞可能剛剛眞的有瞬間被迷惑，造成他現在嚴重不爽。

火流河本來就和我使用的水屬性米納斯嚴重相斥，所以在這裡不好意思請米納斯幫忙，我摸摸鼻子，乖乖地再往學長他們後面退一點，以免自己又迷迷糊糊衝出去。要知道在火流河裡面，那些鬼族肯定也不會衝出來接住我，眞跳下去，本故事就可以直接完結了。

鬼門又大了一圈，血腥的氣味更加濃重。

緩緩開啓的黑暗中，許多血紅色、灰黃色的黯淡光芒閃爍爍出現，某種聲音慢慢傳了出來，還沒聽仔細就被火流河的咆哮聲給壓制住，但也漸漸壓不住了，那是一道接著一道讓人頭皮發麻、好像被潑了冰水一樣冷到心裡的呻吟聲。

正確來說，是受盡痛苦折磨，眞的很難想像世界上會有這種絕望哀號的垂死之聲。

救救我……

……救……救……

一陣陣悲號慢慢壓過火流河的怒吼，不知道什麼時候開始，火龍捲內竟然都是那種淒厲的死亡之聲，七個平台上的狼族怒氣迸發，像是隨時都可以撲上去撕碎鬼門。

狼后向前站出一步，手中長刀碰地，刀尖接觸平台時發出沉重的聲響，應聲打斷了哭號。清冷的聲音從狼后口中傳出：「千里迢迢，弄出這等陣仗，不是特地縮頭縮尾來變把戲讓惔之谷看笑話的吧。」

充滿威壓的聲音讓火流河的怒嘯也平歇不少，火焰像是在等待她的下一步動作，暫時停下折騰。

回應狼后聲音的，是鬼門停頓了下，近乎死寂後傳來的陰冷笑聲，那聲音我曾經聽過，學院被襲擊那天，也是這樣的聲音——

「瑪蘇法……瑪蘇法．洛尼伊斯……好久不見……竊位者……」

像是來自地獄般的森寒聲音讓鬼門一震，詭異的圖紋突然大量炸出黑色血絲，不斷往四周空氣瘋爬，好像大量蜘蛛絲張開來一般，黑色的空中領域轉眼間被架構出來，也形成像是平台般的踏足地。

從鬼門慢慢走出的，是我曾經見過的四大鬼王之一。

比申惡鬼王。

四大鬼王中，扣除剛見過的殊那律恩不說，給我印象最深刻的就是眼前的女性惡鬼王了。

我一開始接觸到的鬼王手下就是這名女性惡鬼王派出的，加上學院的鬼門事件，如果沒有凡斯那件事，她可能會是我心中排名第二位可怕的鬼王，第一位不巧在剛才已經變成殊那律恩了。

最讓人無感的，估計就是景羅天惡鬼王吧。應該說，在其他三大鬼王都出現過後，比較沒接觸的景羅天反而沒有給我太多實際感觸。

「放肆！」

就在我有點恍神之際，巨大的喝斥聲震動空間，狼后邊上一名穿著斗篷拿著法杖的老者直接法杖一敲，整個火流河隨著震動，「拋棄己身名姓與狼族榮耀的墮鬼者，妳沒資格直呼狼后之名。」雖說是老者，不過估計也有個兩百多公分吧，看起來完全沒有垂暮的感覺，一臉快要碰地的濃密白鬍子隨著斥喝還閃爍著火光，相當凶猛。

「長老術師，你還沒死嗎。」比申惡鬼王的聲音有些妖嬈、有些陰邪，與我之前聽過的又不太像，但一字一句依然飽含著惡意。

鬼門前的鬼王穿著一身黑色宛若禮服般的戰甲，血色的頭髮在熱風中張狂飛舞著。她在這段時間內似乎也有不少變化，原本艷麗的面孔變得異常妖媚，一層黑氣凝固在她眉間，讓她看起來氣勢比往常更加凶厲，淡紫的皮膚上有部分現在盤繞著血色的紋路。

光是外表就給人一種她的力量又提升了一個層次的感覺。

噩夢女王有十八種變化，這不知道又是她哪一種面孔？

黑色火焰在她身邊燃起，像是侵蝕般往旁邊的火流河蠶食，每啃食掉一絲火焰，鬼門中傳來的哀號聲就更增一分。

猛地，比申突然朝我們這邊轉過來，狠戾的眼神在我完全沒有預警下接觸到，我整個人一怔，腦袋裡好像鑽進什麼東西。然後她笑了，妖邪的聲音雖遠，卻清晰無比，「本王說過，你們逃不了的。」

我按著額頭，感到陣陣眩暈。

一邊的學長按緊我的肩膀，冰涼的冷空氣環繞在四周，眩暈才緩緩消失。然後學長的聲音從我旁邊傳來，指向了比申惡鬼王。「妳，吞吃了食魂死靈嗎。」

學長的聲音很平淡，看上去也很鎮定，並沒有被鬼王所影響，但不知道為什麼，我覺得學長這時候也變得不同了，和我一樣是在殊那律恩那邊所帶回的變化嗎？

比申笑了，狂傲地笑著，接著回答了學長的話，「不愧是我們巴瑟蘭家的後代。怎麼，從血脈中取到東西了？甦醒了？想要如同那名不正言不順的公主一樣反抗我們嗎，哈哈哈哈哈哈——」

「比申惡鬼王，或是稱呼那早已被遺棄詛咒的名字，『焚顏．金鈴．巴瑟蘭』。」學長冷冷勾起唇角。「妳很羨慕嗎？至少，被傳承的人是我，而不是妳這位連封號都不得使用、曾經與榮耀擦身而過的被棄者。」

「閉嘴！」比申低吼了聲，「少用那噁心的稱呼，金鈴之王早死了，死在瑪蘇法這些竊位者的手裡。燄之谷甚至囚禁本王數百年之久，如果不是耶呂鬼王，本王早死於你們燄之谷這些叛黨手下！」

說著這些話時，鬼門中早就陸續出來各式各樣的鬼族，就連先前叛變的宗道魁都站於鬼王身後，在那裡還有許多散發邪氣的巨狼，然後就是我曾見過、仿若世紀小強般的深水貴族瀨琳，以及一整排黑術士。

「金鈴。」充滿威嚴又清冷的聲音降下，那些邪火突地被這氣勢給壓回不少，火流河重新摧毀外來的侵蝕。站在高處的狼后緩緩開口：「妳並非王，從一開始便不是，妳也無法擁有封號王稱，得不到封號王被賜予的炎火力。燄之谷正統之王，從始至末唯有經由狼神認可並接下傳承的本代狼王。自稱爲王、策動叛亂，千餘年前因己身私慾屠戮燄之谷子民的妳，早已墮身爲鬼。」

「哈，燄之谷大大小小戰役，有哪一場不是本王毀敵最多，殺敵最深！」比申將視線轉向狼后，也沒有爆氣，陰森森地說著：「你們夫妻不過就是撿現成的便宜，卑劣陰險。」

「……妳所謂的毀敵最多，即是連敵對領土上的無辜百姓村鎮一同毀滅，殺敵最深就是連幼子都不放過，一視同仁地血屠全城，早已偏離狼神所示，這種屠夫，有什麼資格成爲帶領燄之谷的王者。」

聽著他們的對話，不知道爲什麼我越聽越不對。

以前學長遇上比申惡鬼王時，就已經很明顯可以察覺他們認識，而且可能有什麼過節，現在學長竟然還直接說出她的本名……「巴瑟蘭」不就是學長狼族的姓嗎？我記得學長的姓混合了精靈與炎狼兩族，另一個「伊沐洛」則是來自於三王子的精靈族。

比申惡鬼王竟然出自燄之谷！

猛地驚覺這個恐怖的可能性，過往許多回憶立刻出現在我腦袋裡，有人說過她是獸王族的扭曲者，比申本人更是很針對學長……這……

腦袋再次刺痛，我甩甩頭，把那種不適感甩開，那邊的對話還在持續。

「將火流河交出來，你們燄之谷還可留幾個活口。」比申惡鬼王伸出手，她身後張開了黑色的羽翼，散發著紫黑色的豐滿羽翅上帶著濃膩的鮮血與肉體腐朽的惡氣。黑暗再次吞食火流河，這次速度非常快。「小公主特別疼愛那隻狼，本王就做個好心，讓他加入我等黑暗帝國，替你們這些竊位者收屍！」

邊上的阿法帝斯一震，手上立即纏繞出火光，不過被山大王抓住。

「沉著點，她就等你送上門。」山大王拍掉阿法帝斯的火焰，涼涼地說。

其實我不太清楚爲什麼鬼王或黑色同盟會特別針對阿法帝斯，眼下也不是讓我發問的好時機，我吞了吞口水，發現自己在這裡什麼事情也做不了，我們就像個旁觀者一樣，這邊屬於的是燄之谷那些強者的戰場。

而戰場的對手，便是獄界女王。

燄之谷的戰爭爆發得極爲快速。

大量低階鬼族如同炸鍋的螞蟻般，瞬間從鬼門中噴發而出……眞的是多到噴出來，無以計數的鬼族蜂擁，幾乎擠破不算小的鬼門，有些衝勢太快直接摔進火龍捲，很快便被烈火吞噬，但也燒出一點黑色的邪惡在空氣中飄浮。

黑術士們動作劃一地展開蛛絲般的地面架構，很快，空中的黑暗區域被擴出一大片，幾乎已經快要觸碰到最靠近他們的七個平台之一。

然而狼族也不是那麼容易被接近，早就已布下的防禦結界配合火流河的火勢，不斷焚燒撞上結界的鬼族，一時之間詭異的號叫聲與嘶吼聲充斥火龍捲中心，形成非常奇怪的開戰氣氛。

「你們待在這裡。」山大王對我們說了句：「明知道炎狼在這種地方不會被削弱他們還來，肯定有鬼，老子去會會那些黑暗同盟的走狗。」

山大王說的也是我的疑惑，明知道火流河是燄之谷的守護外加修練地，還會焚燒入侵者，為什麼偏偏要把鬼門開在這種地方？對峙的時間久了，會被世界脈絡焚燒的還是鬼族啊……？

——褚冥漾——

我猛然一怔，熟悉到想殺死他的聲音傳來的同時，背脊涼意倏地傳來。

在那瞬間我只有想到……該死，又著道了。

「！」

「！」

最後看見的畫面，是正上方的阿法帝斯和哈維恩同時對我伸出手。

失去重心的我向後墜落，整個人落入黑暗之中，火流河的威脅瞬間不見，取而代之的是被入侵的精神世界。

我眞的很想說，你們這些人把別人的腦袋當作交誼廳來來去去這種行爲超級不好！問過我了嗎！每個都沒有問過我！

砰的一聲，我在一肚子××○○中摔到堅硬的地板上，痛得我齜牙咧嘴。搞什麼，把人拖入這種精神空間還要摔死人嗎！

黑暗中，傳來低低的笑聲。

還沒朝對方問候兩句，我兩側同時傳來細微落地聲，驅逐黑暗的光亮起，仔細一看，赫然是阿法帝斯和哈維恩兩人，還來不及表達我的震驚，藏匿在黑暗中的人已被光照亮，果然還是一副悠閒到好像正要去喝下午茶的笑容及打扮。

「看來還有不速之客啊。」入侵別人的不速之客低低笑了兩聲，接著緩緩抬起手，四周傳來巨大金屬掉落的撞擊聲響，轟隆隆的，很快地，我們周圍出現大量鐵欄杆，將所在的這一帶圍繞起來，彷彿鐵牢籠。

雖不是在現實，但阿法帝斯和哈維恩幾乎動作一致地揮出長刀，戒備著眼前的鬼王高手。

「安地爾！」我眞覺得我和這混帳簡直上輩子有解不開的仇怨，每次每次都會在奇怪的地方遇到他，上次在精靈族已經過分了，這次乾脆在餤之谷把我拉出來……你妹的該不會就這樣回不去吧！

不過黑小雞他們在，這種可能性應該很低。

「你到底什麼時候開始跟蹤我們的。」讓自己迅速鎭定下來，我吐了口氣，首先得不讓自己有太多表情，至於腦袋可能會被聽到什麼，我也沒辦法了。

「你說呢。」安地爾閒適地笑著。

「……戰船開始吧，你根本沒有離開過。」雖然不知道他怎麼避開精靈們的搜查，不過我隱約覺得這渾蛋根本一直尾隨，之後又那樣出現在精靈族威脅大王子。說眞的，我其實很不明白他那次出現是眞的好心要給學長送東西嗎？雖然他要求的精靈血聽起來很過分，不過冒著巨大危險潛入精靈族的舉動也很怪，他大可以在附近叫精靈來談判才對。

我覺得那時的安地爾，好像有點急迫，但是說不上來爲什麼。

「呵呵。」鬼族很欠揍地笑了兩聲，「你認爲是就是吧，我說過，我也想試試你現在成長得如何，在那之前，一邊看表演吧。」說著，他很隨意地揮了下手，我們腳底下的空間突然變得透明，接著竟然出現燄之谷那邊的畫面，而且還正好就是火流河。

我們宛如旁觀的第三者，從上方鳥瞰整個火焰戰場。

在黑術士的夾擊下，蛛絲黑地早就撞擊上第一個平台，蝗蟲般大量的低階鬼族衝擊狼族部隊，而黑術士與高階鬼族、王族與鬼王高手也各自展開了破壞其他平台的行動。

四隻巨大又肥胖的食魂死靈不知什麼時候被黑術士弄出來，濃厚的邪惡氣息滲透進火流河中。踩在上方的比申惡鬼王張開雙手與黑翼，不斷從食魂死靈中吸取發出悲鳴的死靈，吸乾了恐怖力量後就將奄奄一息的死靈扔進鬼門上燃起的黑色邪火，死靈最後的淒厲哭號聲就這樣被黑火吞噬，成爲鬼門繼續擴增的養分。

燄之谷自然不會眼睜睜看他們破壞，前鋒戰鬥巨狼已經撲出，配合武士大量消滅鬼族，一波波鬼族被打進火焰深淵，熊熊猛烈地狂肆焚燒。

從這邊我看不見原本我們所在的平台，不過學長和夏碎學長的狀態不宜參戰，好補學弟當然不可能，狼族應該也不會讓五色雞頭插手燄之谷的戰爭，我可以先假定他們還很安全。這麼一來，可以暫時安心。

從激烈廝殺的戰場上收回視線，我再次看向眼前的鬼族。

「你究竟還有什麼陰險的事情要做？」我身邊有那麼多保護都沒能防住我被拉進來，估計出去也不太簡單，既然阿法帝斯和哈維恩都在，我也就不太客氣地瞪著安地爾。

「我以爲，你好奇比申的故事。」安地爾彈彈手指，我們雙方後面竟然就這樣冒出舒適的黑色沙發，中間還有大理石矮桌，更離譜的是，上面還準備好咖啡和餅乾了，活像普通的下午茶時間，只是背景是牢籠版的暗黑精神下午茶。

「想拖延時間嗎。」阿法帝斯冷冷瞇起眼眸，白色的火焰在他身邊燃起，不到三秒驟然消滅。「！」

「不用試了，這是高等黑術師製作的夢連結，不屬於你們可控的世界，只要我有心，讓你們從此不醒都可以。」安地爾邪魅地勾起唇，悠哉往沙發上一坐，然後抬起手指對著我們——

「現在，給我坐下。」

第七話　反擊！

「——你！」

我一把抓住正要衝出去的黑小雞，後者微愣，但還是停下攻勢。

腳下的戰場聲音已被抹去，只留下無聲電影般的畫面，戰場上一匹炎狼衝撞比較小的食魂死靈，大量鬼族趁隙覆蓋牠的身軀，就這麼一團糾纏地翻覆下平台，墜入火流河消失蹤影。

踏出腳步，我在沙發上坐下，阿法帝斯也在另一側落坐，而哈維恩則是嚴陣以待地站在我旁邊，手掌沒有離開過他的刀柄。

「雖然不知道你還想說什麼廢話，不過既然要拖時間，就說吧。」在心中思考了下，阿法帝斯剛剛的火焰都沒有奏效，看來要脫離這裡真的像這鬼族說的沒那麼簡單，打也打不過，只能陪他耗時間，順便看看外面的人有沒有辦法協助我們。

進來之後，老頭公和米納斯的連繫都斷了，我聽不見他們的聲音，我猜哈維恩和阿法帝斯現在也是同樣狀況。不過可以確定的是，眼前這傢伙還沒有打算馬上危害到我們，否則然設下的詛咒應該不會讓他過太爽。

安地爾並沒有我們的急切，而是整個人用悠哉又很欠揍的表情盯著我看了半晌，「看來你消失的短暫時間，似乎讓你學會不少東西。」

「嗯哼。」當然是學了不少，跟著人家記憶演示，裝也大概可以裝個一點點出來，雖然大概不用五分鐘就會破功，畢竟二王子是真的強，我在這些人面前，還是挺弱的。「所以你要說什麼？」盯著對面的鬼族，我突然發現他周遭的氣流不太對勁，這次去了一趟獄界被解開那些有的沒有的東西，跟著二王子的夢境偷學，外加接觸了大隻的陰影後，我好像可以更清楚看見黑色力量的不同。

首先，安地爾身上的力量感和我所知的鬼族差異很大，以前我都覺得是差不多的黑暗存在，但這次可以很清楚感覺到其實不然。

大多數鬼族身上都有扭曲墮落的力量氣息，高階鬼族不太明顯，特別是鬼王，如果不把威壓和恐怖氣息放出來的話，改個外表很可能就不容易發現他們是什麼，但在低階鬼族身上就特別明顯。剛剛火流河的戰場上就布滿這種扭曲的邪惡，即使理解不深，我也覺得身在其中的人真的特別容易被那種陰暗污染。

眼前的安地爾此時此刻並沒有那種扭曲氣息，以前遇到他時也常感覺到邪惡和一絲鬼族感，可是現在竟然完全沒有，只覺得這人就是一坨深不見底的黑，連我都看不出來他是屬於哪種黑了，只是可以確定不是夜妖精那種黑色種族的黑暗力量，對我而言完全是種未知。

所以他到底算什麼東西？

一會兒是比申手下的第一高手，一會兒又是耶呂的高手，以前還曾拿過雙袍……欸等等，所以他也可以隱藏自己的黑暗力量？

我相信就算是公會草創時比較沒有那麼嚴謹，但也不至於連個鬼族都分辨不出來，還是他那時候還沒被扭曲？也不對啊，那怎麼後來會被識破追打？

眞的很搞不懂這傢伙。

比起鬼王，我反而更想不通這個莫名其妙的鬼族到底是什麼狀況了。

「褚冥漾，你對燄之谷的歷史了解嗎。」

就在我努力思考時，坐在那邊的可惡鬼族好像完全不知道我的糾結，很閒適地開口。

「不清楚。」事實上，我是眞的不清楚，只知道他們是打過千年戰爭的主力之一，還有後來我自己經歷過的這些，以及我曾經在燄之谷看過的那些記錄，所以如果要說了解當然也不能說眞的了解，基本上比較像走馬看花。

不過他這麼一說，我倒是想起來之前找的資料，有關伏水部族那個記錄中確實提及了當時東方世界這邊是另外一個鬼王黨派在鬧事……難道！

「比申與燄之谷的恩怨比你知道的還要深，假設亞那的孩子有跟你提過這些事。」安地爾好整以暇地端起桌上的咖啡杯，裝模作樣地在精神世界裡面品嚐起味道。

不不其實學長沒有說過這些。

安地爾只是短短這麼一說，我立刻就發現旁邊的阿法帝斯突然爆出濃厚的殺意，而且完全沒打算遮掩，那股殺意不只針對安地爾，還有……我們腳下正在破壞火流河的鬼王。

吃食了食魂死靈後，比申惡鬼王的氣勢與力量顯然大增，竟然已攻破一個平台，台面上布滿了狼族與鬼族的屍體，其中還有不少黑術士，只是那些黑術士就算被五馬分屍，撕扯得連腸子都流滿地，竟然都還能站起來，破碎的身體詭異地緩慢復元，就與先前我們遇過的一樣很難殺死，狼族必須不斷引動火流河的火焰來將這些黑術士燒成灰燼。

即使如此，從鬼門蜂擁而出的卻遠比被殺掉的更多，就算只是低階鬼族，數量也壓倒性地大於燄之谷的戰士團。

「遠比千年戰爭更早之前，燄之谷身為東方領域數一數二驍勇的利刃部族，確實在抵禦妖靈界和獄界戰爭中起了非常大的作用，當中，特別以炎狼第一皇子與第一公主兩支先鋒部隊最為剽悍；而論起殺敵數量，第一公主遠遠壓過皇子。」安地爾放下杯子，語氣平淡地開始為我們說故事。

故事第一段，讓我整個大吃驚，這橋段很耳熟啊。

「……你別說那個第一公主的名字就叫作焚顏．金鈴．巴瑟蘭。」這個猜測讓我很抖，但是既然安地爾一開始就說和比申相關，所以就算再怎麼抖，也只有這個結論了。

「你眞聰明。」安地爾很隨便地拍了兩下手。

「謝謝。」我眼神死地往下面的戰場看，難以想像比申惡鬼王曾也是對抗鬼族的一分子，還是領在前方的那個。

如果說殊那律恩的扭曲是因爲他的善心，那比申我就眞的不明白了，既然曾如此敵對，爲什麼會成爲四大鬼王之一？

「比申，在那時候也可以叫作金鈴公主，原本是呼聲最高的下一代狼族女王。」笑笑地看了我一眼，安地爾繼續說道：「我還記得她那時候挺麻煩的，背後幾次動手都沒有毀掉她，幸運的是，她算是後來自己毀掉自己了。」

「哼，被貪欲所扭曲的墮鬼者根本不配第一公主之名。」阿法帝斯冷冷地說：「她殺了太多無辜的人，殺心早已遮掩善性，甚至連黑色種族的無辜孩童都不放過，那些殺敵數量，有很大一部分來自於根本什麼事也沒做過的黑色種族，如當時慘遭滅絕的溯星夜靈部族，種種行爲已令白色種族蒙羞。」

安地爾也不在意阿法帝斯的插口，很自然接了下去。「沒錯，就是這種讓人欣賞的嗜血，我本來以爲從這方面下手可以馬上扭曲，沒想到炎狼的傲氣與殺性超乎預料，居然讓她扛住扭曲和誘惑，讓她跑了還眞是棘手啊，不過很快我就收到消息……金鈴公主，在燄之谷、自己的起源種族發起叛變。如果我沒記錯，當時她已經被長老指定爲下一任燄之谷王者繼承，畢竟當時的狼王也差不多要死了，我對自己的毒還是很有自信的。」

砰！

巨大的翻桌聲響直接傳來。

那張看起來超級沉重的大理石桌子竟然硬生生被阿法帝斯給掀了，還直接朝鬼族臉上砸去，但在砸扁安地爾那張邪魅的臉之前，矮桌就這樣分解開來，連同上面的咖啡餅乾一併化成煙霧，接著我們面前重新出現那張桌子、那些下午茶，彷彿從來沒被翻桌過一樣。

「你……是你動的手嗎！」阿法帝斯此刻看起來不只激動，還非常震驚，他已站直身揮出刀，完全不管地在夢連結中指向安地爾，「致前任老狼王死亡的血毒之一，是你動的手嗎！」

「你說呢。」安地爾說著這三個字的同時，右手指間已轉出一根黑色長針，上面隱約有些不明的乾涸污漬，散發出一種奇怪的腐朽氣味。

一嗅到那股味道，阿法帝斯整個暴起，眨眼瞬間出現在安地爾面前，血一般的詭異火焰從他周遭爆發出來，「——果然是你！我殺了你！」

阿法帝斯暴怒到失去理智，我也被他嚇得反射性大喊：「哈維恩！」

所有事情就發生在電光石火間。

血火爆炸開來，像是炸彈爆發般的熱浪直接把我和沙發掀到旁邊去，我再次撞上超硬的地板，痛得頭暈眼花，掙扎爬起來後已經塵埃落定了。

安地爾左手掐住阿法帝斯的脖子，直接將他整個人按在牢籠的其中一根粗大鐵條上，後者的頸側和胸口、腹部已被插上黑針，然後他的右手直接抓住側邊哈維恩劈過去的刀鋒，別說受傷了，一點擦傷都沒有，夜妖精銳利的刀鋒彷彿像假的一樣，完全沒在鬼族右手留下一丁點痕跡。

「我說過，這裡不是你們可控的世界，想死的話，還要我幫忙才行。」說著，安地爾收緊了右手，清脆到讓人心悸的破碎聲直接傳來，哈維恩的刀竟在他手中被捏得粉碎。

下一秒，黑小雞已經閃身擋到我面前，他在這瞬間判定了敵不過鬼族，選擇放棄阿法帝斯返回我身前執行他的守護。

「放開他！」我看見黑色血液從阿法帝斯嘴角流出，他被插針的頸子逐漸爬滿黑色蛛紋，臉色變得異常慘白。夢連結裡受到的傷害會在現實中呈現多少我不太確定，但是安地爾既然動手，我就覺得可能會影響得很嚴重了。

安地爾並沒有搭理我，反而收緊左手，被掐著的阿法帝斯硬是一聲不吭，但黑色的血被吐了出來，血量越來越大，還在不斷流淌。鬼族用著欣賞般的眼神盯著看了幾秒，才戲謔似地開口：「原本我打算講完再殺了你，你不用這麼早來找罪受啊。」

「安地爾！」這次，鬼族對我的低吼有了反應，藍金色的眼睛轉向我，我吸了口氣，說：

「放．開．他。」

笑了笑，安地爾緩緩鬆開手指，讓阿法帝斯摔在地上，黑血立刻從他身下擴散出一個小圓圈。

「亞那他們沒教過你嗎，不要自動把命送到強者手上。」

說著，安地爾抬起腳。

「住手──」我推開哈維恩想衝過去時已經來不及了。

恐怖的聲音響起，伴隨著阿法帝斯終於沒忍住的細小悶哼聲。

安地爾再次笑了，可怕且殘忍。

「不然，很容易受到教訓。」

我扶起阿法帝斯，剛剛安地爾那腳已把他腹部的黑針整個踩了進去，而且那腳力量還不小，幾根肋骨也一併被踩斷了。

已經走到一邊的鬼族噙著抹好像不過是個玩笑般的笑，好整以暇地看著我們：「不用白費力氣了，他不死在這裡，比申也會在外面要他的命。」

「他們應該在燄之谷沒有過節吧。」我沒記錯的話，阿法帝斯應該是在學長他媽媽那個年代才出生的，還受過公主照顧，那時候第一公主的頭銜確實已經不是「金鈴」了。難道是和凡斯的那場……不對，那時候也沒交集。

「這個，你應該問他藏著什麼吧。」安地爾走過來，彎下身，我連忙擋住他，不過他只笑了一下，直接越過我把另外兩根黑針給抽回去。

阿法帝斯的狀況很糟，幾乎已經半昏迷了，脖子上的傷已變成深黑色，連我拉開他的衣服他都沒反抗，露出來的腹部也已爬滿黑色血絲。我反射性看向哈維恩，黑小雞嘖了聲蹲下來，抬手按在阿法帝斯頭上，淡淡的微弱光芒就這樣滲了進去。

「他說的沒錯，這裡是他的操控世界，我的力量起不了多少作用。」哈維恩非常認真地看著我，眼神中有一絲無奈。「可能會保不住。」

「……」我吸了口氣，把阿法帝斯交給哈維恩，然後站起身看向安地爾，「繼續說下去吧。」

哈維恩愣了下，他可能覺得我應該要做點什麼。實際上我是想做點什麼，然而不是現在，安地爾已經徹底擺明了他就是在拖延時間，雖然不知道為什麼，不過如果現在動手，我怕會牽連哈維恩，還是得等他自己吐出眞正目的才行。

安地爾衝著我笑了一下，彷彿在稱讚我很識時務。「金鈴公主原先應該為燄之谷女王，似乎炎狼族也是這麼認可，然而最終具有最大決定權的狼神卻沒有點頭認定這名女王，以至於下一任繼承者始終懸而不決，且開始有不少人傾向王子才是眞正的繼位者。」

這種宮廷恩怨怎麼聽起來又是那麼耳熟，外加之前所知的狀況，我大概可以猜到七七八八了，「所以才引起狼族內鬥吧，一派是金鈴公主的人馬，一派是王子的人馬，看樣子公主是輸了，所以才會變成鬼王。」

等等，狼族競爭不是比誰拳頭大嗎？

我猛地想起這件事情。

「不，公主贏了。」安地爾冷笑的聲音傳來，「她一手培養起來的嗜血戰士團怎麼可能會輸給良善的王子殿下，她唯一蠢的一點就是按捺不住自己的殺意，因爲不滿反對她的王子黨，當下決定屠殺所有反對聲音，引得狼神分體親自出手，將她打進燄之谷最幽深的死亡牢獄裡，關押了數百年。當然，這個王位，也就成爲現任狼王……沒錯，狼王與比申、也就是金鈴公主，是親兄妹。」

雖然已經猜到，不過聽到時我還是很驚訝。該怎麼說，燄之谷竟然和冰牙族有很類似的境遇，都是王族成了鬼王，幾乎都是在那個時代發生的事情，不知道爲什麼，我對於這種巧合產生了微妙的不適感。

說不上來，但整個讓人很不舒服，感覺就像命運的惡意。

「你認爲比申眞的邪惡嗎？這個王位不該原本就屬於女王？」安地爾向下看去，我也跟著重看戰場，鬼族撕碎了第二個平台上的狼族，狼后與鬼王都還在原地，不過黑暗洶湧的力量如同浪潮席捲而去時，白火也像暴風碰撞，兩名王者的力量在雙方戰士上方強力激盪，使得火流河的火龍捲不再那麼安定，已有不少位置出現小漩渦般的扭曲，不斷炸出危險火光。

「我怎麼會知道，但是我相信狼神。」比起鬼王，我更熟悉的是那個曾陪在我們身邊亂吃東西的小鬼娃。「話說回來，她大肆屠殺的時候也沒少殺過黑暗種族吧，你怎麼會覺得我沒注意到這部分，管她生前生後，對我們來說她也不是好東西啊。」

安地爾大概有點意外我這樣說，微微瞇起眼睛，「這倒是不否認，不過她現在是黑暗的王者，正在幫黑暗世界出力，你也不能否認這個事實。」

「如果她當白色種族就是殺光黑色種族幫白色世界出力，當黑色種族就是殺光白色種族幫黑色世界出力，那她這個王也太好混了一點。」我在二王子的記憶中看見的不是這樣，精靈們努力的方向也不是這樣，甚至然帶領妖師一族要前往的方向都不是這樣。「我決定還是回去問其他人當年的戰況好了，你要不要省點時間，把眞正目的說出來。」

「好啊。」安地爾伸出兩根手指，「一，裂川王要重用你、褚冥漾，妖師一族的首領我們動不了，不過這對你來說是好事，你身上的詛咒不會反彈；二，比申惡鬼王要那隻狼的命，他身上帶有第一公主轉交給他的亡者封印，他活著的一天，比申就拿不回自己完整的力量，只能像這樣使用被壓制的卑微力量。」

「嗯，我知道了。」黑暗同盟之前就一直追著我說什麼裂川王的邀請，看來他們眞的和裂川王密切合作，看那些食魂死靈像不用錢一樣地被大量拿出來用就知道了。二王子雖然當時努力想要減輕食魂死靈對於無辜生命的傷害，現在看來並沒有太大的成功。萬魂祭門，上萬條生命始終沒有逃過這劫。

殊那律恩在獄界拒絕黑暗同盟的邀請，現在我大致上也明白緣由了。

「那隻狼的命我是扣下了，如果不想要夜妖精跟著送命，你自己該明白怎麼做，你的力量不值得一提，反抗根本徒勞無功。」安地爾轉動手上的黑針，冷冷笑著。

「……大概吧，說實話我也不是很想被其他人看見我的樣子，搞不好你幫了大忙了。」安地爾是在我們進入獄界之前闖進精靈族，這時機點其實現在對我而言，眞是僥倖了，他那時候肯定對我評估過力量，而不是現在對我評估。只是現在就算他有重新審視過，也就僅僅可以看得出來我和先前沒啥差別的力量狀況就是，頂多少一篋抑制封印吧。

血脈覺醒要時間，我的力量還是很微小。

然而，妖師一族最讓人害怕的，是這份微小的力量嗎？

猛地，安地爾臉色一變，「你——！」

我抬起手，向前走了一步，「阿法帝斯不會死亡，我保證，他會長命百歲。」我明白爲什麼殊那律恩會讓我直接體驗他的記憶了，妖師一族操控與生俱來力量的方式，根本與精靈很相似，精靈和自然界的溝通出自於天生，就和呼吸本能一樣，難以詳細讓別人體會，只要明白這層，就能知道當初其他人想告訴我的話是怎麼回事。如果白色的生之種族引動的是光明的力量，那相對持有毀滅兵器與命令的死之種族，引動的就是黑暗的力量，如同當時我在古代大陣所做的相同。

感受著夢連結中黑術師所設的巨大強制，一層又一層的黑色力量流動著，從那裡面我聽到了細語，力量的語言，彷彿能夠對話與回應。

「聽見我的話，就回應我。」

我打從心底，非常認眞地，要求這些黑暗力量，「服從。」

「褚冥漾！你想清楚，引動黑色力量之後你的代價……」

安地爾的話還沒說完，我就感覺到自己身上好像有什麼東西剝離了，叮的一聲，像是小鈴鐺碰撞到什麼的聲音，接著有種冰冷的感覺浮現在我的手掌上，順著掌心滲進來的是前所未有的寒意，讓我整個人冷靜下來，以前曾出現過讓我很困擾的焦躁一點一滴重新出現，接著慢慢沉澱並轉變爲冷淡與平靜。

我能夠很簡單地開口，直接要其他人去死的那種平靜。

黑色的空間開始震動，發出轟隆隆的聲響，四周牢籠的鐵條開始潰散，斷裂的巨大鐵柱沒有塌下，從斷裂的部分開始直接在空中粉化成灰，黑暗的背景色不斷剝離，一片一片地細碎成粉，漸漸露出後面如同深夜星空般的沉藍色。

閃閃爍爍的暗藍色星光隨之出現在我們頂上。

然後是水花的聲音。

「米納斯。」我微笑了下，最熟悉的感覺終於來到我身邊，翻捲著水光的幻武兵器靈體與長長的蛇尾一圈圈迴旋在我身上，米納斯優美的身影就在我右側，冷色的眼眸直直盯著前方的鬼族；而我的左側早就無聲無息出現另外一道黑影，已經不是棒槌的樣子，是個大概有三百多公分的巨大形體，看著有點像巨人型態，不過還是一團黑影，沒有五官與身體特徵，只有在眼睛的部位有著兩道血色光影。「老頭公。」

一層淡灰色的影壁出現在我們面前，將安地爾和我們隔離開。

這時候的鬼族已經完全沒表情了，不過也沒有出手阻攔變化，就讓我們完成整個夢連結的更動。

黑藍色的星空之下，我們靜靜地對峙。

過了好半晌，安地爾才冷冷開口：「精靈族竟然教你操控『心語』了嗎。」

「沒有。」現在的二王子也已經不是精靈族了，體驗他的記憶應該也不算教我。我張握了下手掌，上面有一團深黑色的小球，散發濃濃的邪惡血腥氣味，「就突然想到了。」

「呵，算了。不過你用自己的意願調動黑色力量，從今以後你不可能再有安靜的生活，剛剛的空間是裂川王親自打造，他等的就是你這一刻。」安地爾冷然地勾起唇角，「你在白色世

界裝瘋賣傻的一切都完了，知道吧。」

「我覺得我被你們糾纏時差不多就完了。」眯起眼睛，我的怒火這時候也跟著爆發出來，「所以，未來當我不好過的時候，我也知道我該向誰復仇！裂川王想要找我，就叫他去吃屎吧！我現在祝福他，遇到我的同時，他必定會吃到一坨屎！」

安地爾一愣，接著竟然爆出笑聲。

「哈哈哈哈哈……褚冥漾，你果然是年輕了一點，不咒他死只讓他吃屎啊……哈哈哈哈哈哈哈……」

鬼王高手直接在我面前笑得很狂放，和我記憶裡那個陰險的傢伙完全不一樣，這次換我一愣了，他這個樣子反而和亞那、凡斯他們的記憶，有幾分相像。

不過這笑很快就停了，安地爾現在眼中還有奇怪的笑意，「好吧，既然妖師都引動力量了，估計做不了其他事情。」就在我面前，他的身影慢慢淡化。「我很期待下次你和裂川王見面的時機。」

然後，他就這樣，不見了。

※

猛然睜開眼睛時，一陣劇痛從我的四肢百骸凶狠傳來。

「放鬆身體。」淡淡的聲音從旁邊傳來，我痛得全身都快痙攣了，眼前整片發黑，不過那個聲音太熟了，我還是下意識努力地想要放鬆，一絲冰冰涼涼的力量順著手臂傳進來，竟然就這樣開始一點一滴消除劇痛。

過了好一會兒，我才有力氣睜開眼睛，慢慢地看清楚在我上面、被火流河火光照映的學長臉孔。

「這是強制抽出精神連結的後遺症，很快就退了。」學長講話時沒有平常那種殺人語氣，反而有點像精靈們在說話時的那種輕聲。

不知道爲什麼，這麼溫柔的講話態度讓我全身發毛，還覺得很恐怖。

要知道溫柔的學長代表什麼，世界毀滅啊！

「……褚，你想這樣讓我打一拳昏死也沒關係。」紅色的眼睛瞇起來，出現了我超熟悉的凶惡。

雖然身體還很痛，我努力地趕緊搖頭。拜託請對我好一點，須要關愛。

大概又過了十幾秒，劇痛才終於退得差不多，不過力氣還是像被掏空一樣整個人都沒力了，被學長扶起來半坐時我才能看見周圍情況——鬼族大軍還在第二平台與燄之谷碰撞，雖然狼族有死傷，不過鬼族顯然消耗更多，鬼門出來的低階鬼族已經少了一大半，不再像剛開始一樣洶湧。狼后的白火覆蓋整片戰場，焚燒食魂死靈的鬼號聲也早就停止，黑色力量組織成的侵蝕被白火與火流河壓制，早就開始回縮，就連鬼門都小了一圈。

環顧了下我立即看見哈維恩被夏碎學長扶起身和我一樣半坐，臉色非常不好，不過他看似沒消失太多力氣，很快就能站起，看向我的目光有點複雜，所以我很快轉開視線，看見另一邊的阿法帝斯，心裡跟著一涼。

那個傷害果然帶出來了，阿法帝斯陷入昏迷，半睜的眼睛早已渙散，頸部到下巴的部位被毒素染黑，深色的血液止不住地從他嘴巴一直流出來，已經被岡茲拉開衣服的上半身也是一樣狀況，皮膚布滿了紫黑色的紋路，幾根骨頭的位置凹下，受創極重，唯一能慶幸的是他的胸口還在微微起伏，氣息還沒斷絕。

岡茲一雙眼睛憤怒得呈現血紅，但沒有追問我和哈維恩，大片大片火光環繞在他們身邊，一絲絲艷紅色光芒從烈焰中被抽出，慢慢地輸入阿法帝斯的身體，卻沒有改善太多，毒素依然吞蝕著他的身體，黑色的血已在平台上擴展出一圈，淡淡的毒氣飄浮在上面，圍繞四周的狼族神色出現駭然。

鼻子一酸，我不忍心再看了。雖然之前阿法帝斯赤裸裸地表現出討厭我的態度，但被拉入夢連結那瞬間我是清楚的，我看見阿法帝斯對我伸出手，才會被一起扯進去。

他明知道自己也是鬼族的目標，還是跳進陷阱了。

不管如何，我真的全心全意希望他活下來，還可以活很久很久。

淡淡的黑色小光點從我胸口浮現，我還沒看清楚那是什麼，旁邊突然伸出一隻手，倏地抓住那抹光點，我吃力抬起頭，看見學長冰冷的眼神，嚴肅的表情無言地告訴我絕對不能在現在發問。

然後，學長看向岡茲那邊，「岡茲，行嗎？」

巨大的狼族回過頭，赤色的眼睛透出連我都不由自主發抖的嗜血殺意，「可以，老子沒允許臭小子回歸安息之地，這蠢蛋太衝動了！」接著，他轉回頭，身體一繃緊，火焰熊熊燒起，整個人猛然轉化成小山般巨大的狼，躺在地上的阿法帝斯也化回我先前看過、身形相較之下比較嬌小點的狼，伏倒在那邊時，後頸的白色十字紋強烈到刺眼。

岡茲化成的巨狼拉直了身體，對著天空咆哮了聲，聲音巨大到連比申惡鬼王都反射性往這邊投來一眼。

接著岡茲張開嘴，竟然就這樣朝阿法帝斯的後頸咬下去，大量黑血迸發，並被巨狼吞噬，與此同時，牠身上不停爆出炙熱強烈的火焰，高溫讓我們周圍的人立刻布下數道防護結界，那種可以殺人的溫度才降低許多。

高溫熱氣中，我聞到了濃濃的血氣味。

「他在燃燒自己的血。」米納斯淡淡的聲音難得有了一絲情緒，似乎是對於岡茲有些敬佩，「把受傷那位的毒血全都吸食到自己身體內，然後以烈焰焚燒排出體外的劇毒之血，藉此淨化後再回收。」

這樣不會死嗎？

我有點目瞪口呆地看著岡茲粗暴的治療。沒錯，完全就是暴力一樣地吞食，不知道該不該說是治療，是純粹又蠻橫的自傷手法。

「燃燒自己的血，痛苦是一定的，不過解毒耗費的時間太長，在那之前你的友人就已經傷重不治了，這是最快的手段。」

米納斯說完，又安靜了下來。

安地爾缺德的毒眞的很容易讓人秒死，我也明白如果有辦法，岡茲就不會採取這種方式。

我恍然想起了在獄界時，殊那律恩也用過類似方法去咬夏碎學長，難道這是從燄之谷學來的？

燃燒血氣的火焰持續了數分鐘，第二平台始終僵持著，被撞出平台的鬼族也越來越多，其中夾雜著遭到狼族術師擊落的黑術士。

慢慢地，烈火開始減弱，空氣中灼熱的血腥氣味也少了很多。

又過了兩、三分鐘，巨狼輕輕張開嘴巴，往後退了兩步，龐大的頭顱再次低下，鼻子往趴在地上的小狼身體推了兩下。

本來已經呼吸微弱的阿法帝斯掙動了兩下，一雙眼睛緩慢睜開，投向巨狼的眼神還是很虛弱，只是短短一瞬又閉上，不過氣息平穩了下來，就連不懂的我都知道應該是沒事了。

幾乎是在同時，巨狼吼了聲，一口血直接噴出來，然後他的形體開始縮小，重新恢復成那個山大王的模樣。

岡茲吐乾淨嘴裡最後的血沫，整張臉是蒼白的，不過卻綻開爽朗的笑。

「臭小子，這次你欠老子的可大條了。」

第八話　王者的高度

「媽的……這小子哪來的神丹救命。」

一把撈起阿法帝斯的狼體，山大王交給後面走上來的狼族，然後很隨便地抬手抹掉嘴上殘存的血漬，又笑又罵地說道：「吊了他一口氣，含在喉嚨處才減緩毒性擴張速度，沒被侵蝕到腦袋，順帶血裡的藥性也幫了老子忙，修補不少燃血的反傷。」

神丹？

喉嚨裡的？

我猛地轉向縮在五色雞頭後面的好補學弟，其他一起從精靈族過來的人也面色古怪地看向他，尤其是黑小雞，一臉看到鬼。

好補學弟這時候有點靦腆又不好意思地笑了笑，緊緊揪著五色雞頭的衣角，完全無視五色雞頭想揍他的表情。「那個可以含很久喔，一至兩個月才會化。」

也含太久！

這種方式還真不是正常人含得起。

山大王表情奇怪地朝後方的藥師們揮揮手，「那顆丹不要摳出來，繼續讓阿法含著，快點幫他修補身體。」

狼族藥師們點點頭，幾個人圍在阿法帝斯身邊開始治療。

眼前戰場，鬼族大軍完全被擋在第二平台上，再也沒能往前推進，這讓鬼族那邊的黑術士們也不禁開始輸出更大力量，然而在抗衡鬼王的同時，狼后還有餘力騰出另外一手，金紅色火焰從她掌心捲出，拉出了火狼般模樣的有形火焰衝向空中的黑術士群。

黑術士被火焰衝擊得一個停頓，本來要混入鬼族的黑霧力量減去不少。

接著狼后收手，灼熱空氣一震，平空爆出了嘯月狼嚎，引起氣流瞬間波動，圓弧彈出的火焰氣壓竟把鬼王的黑色力量猛推回去，連比申都被這股爆出的反彈氣爆給震退兩步，更別說底下的大批低階鬼族，幾乎同時被掀翻在地。

「鬧劇夠了，比申惡鬼王。」

狼后的聲音如沉鐘般在空氣中敲響，傳遍火龍捲中的每一處，「力量殘缺不全的妳，連靠近本后都做不到，回去吧。」

「瑪蘇法，妳認爲這樣就結束了嗎。」狠狠地瞪著高高在上的狼后，比申露出怨毒的神色。「你們竊奪了所有應該屬於本王的一切，妳認爲這樣就完了嗎！」

「不然妳想怎樣？」

沉重的巨聲來自於火龍捲正上方，並非狼后的聲音，而是男性雄偉的低音重響。隨著聲音到來，火龍捲烈焰竟然比剛才安分不少，原本亂濺的火花完全收回，像是忌憚來者，完全縮回自己的火流河當中，只維持著一定的規律持續上翻龍捲狂火。

慢慢從空中走出的是我曾在冰牙族見過的，狼王。

相較於那時與精靈王並立的形體，現在出現的狼王竟然比當時更高大了不少，簡直像座火焰般的山，帶來的巨焰氣勢瞬間將所有邪惡壓平在地，連鬼門都縮回原本的大小，黑紅色的死魂門框還硬生生被震出許多裂縫，從那裡冒出大量的黑色血液。前一分鐘還試圖襲擊狼后的黑術士們全都從空中掉了下來，狼狽地摔在蛛絲黑地上。

狼王不屑地往那些黑術士掃了一眼，正想掙扎爬起的他們突然發出恐懼的號叫，每名黑術士突然在胸口處炸出金色火焰，直接貫穿他們的心臟與骨頭，黑術士幾乎反射性想要雙手摀住爆出的烈火，不過動作還沒完成，瞬間已被燒得灰飛煙滅，就連第二平台上的鬼族也一個個如同煙火般自爆，燒得連灰都不剩。

原本有點僵持的對抗，蟻群般造成麻煩的鬼族大軍直接被焚燬四分之三，連第一個平台上的也被燒盡，只剩黑色地面上殘存的一部分。

烈焰般的圖騰在狼王腳下綻開，四周快速轉出一圈圈利牙般的各種陣法，速度不一地旋轉配合著，金紅色艷麗的光芒讓狼族戰士們興奮地呼嚎了起來。

我看著這種鎮壓全場的巨大力量有點呆了，原本以爲狼后壓制鬼族已經夠強，沒想到狼王一來直接成了他個人主場，他身邊甚至一名武士都沒帶，傲然地站在高處鄙視膽敢動搖火流河的入侵者，然後開口——

「滾。」

抵禦不住鎮壓魄力的低階鬼族發出不一的怪叫，竟然恐懼地快速後退，剎那間鬼門前一陣混亂，好不容易扛住威壓的高等鬼族及鬼王高手和貴族都發出憤怒的吼叫，有人甩手一記刺鞭打得低階鬼族皮開肉綻，但也沒緩止恐懼帶給它們的逃命反應。

看著退得難看的鬼族軍隊，比申惡鬼王再次發出尖銳的厲嘯，黑色力量隨著她的羽翼猛爆開來，打碎了一部分高溫壓力，終於讓鬼族們緩下逃命，不少低階鬼族重新轉回過身，發出嗷嗷的低吼再次對抗狼族。

「狼后，不用給她面子，帶什麼武士部隊，讓岡茲隨便帶幾個人碾壓掉就好。」從高空中一步步踏著瑰麗法陣走下，狼王語氣囂張地說著，音量不大然而覆蓋了火流河的巨響，清清楚楚地傳到每一個人耳裡。「金鈴，叫妳後面的人滾出來，妳的力量還不夠格動我炎狼火流河，吞幾隻食魂死靈都一樣。」

「你——！」比申惡鬼王氣結地狠瞪已走到狼后身邊的高大狼王，「你竟然這麼快趕來！」

「不過三條不完全的幽冥走道，垃圾。」狼王不屑冷哼，「妳以為聯合妖靈往我們這裡襲擊，本王就擋不住嗎，有本事叫妖王出手，本王一樣揍得他哭爹喊娘。」

「好，好得很！」比申狠狠咬了咬下唇，整張美艷的面孔上浮現黑色煞氣。「鎮邪・炎天・巴瑟蘭，你還是一樣自大。」

「彼此彼此，本王太強了當然有自大的本事，妳被封鎖了三分之二的力量還自大，就是腦子有事。」狼王哈哈大笑了幾聲，豪爽地開口：「本王有時候覺得，有妳這種腦袋不好的親妹，可能是母后戰爭時不小心撞了肚子，把妳撞傻了才會墮成鬼王，墮鬼就算了，身為我堂堂攻擊力最強的炎狼一族，竟然只能混到四鬼王之末，看看人家隔壁那孩子，在獄界混得多好，妳就不能好好學習上進嗎。」

「你——！」

我現在眞的對狼王目瞪口呆了，有沒有一個王講話這麼直白不客氣的，完全不忌諱劈口就說鬼王是他親妹妹，還說人家在鬼族混得不好。

而且聽他這麼說，他還完全知道殊那律恩是二王子……也對啦名字一樣，當親家肯定都會知道的，何況這不是什麼祕密，人家二王子也沒有換名字掩蓋自己，大大方方就是原名。

正在整個大傻眼時，狼王突然往我們這邊一瞟，正確地說是往阿法帝斯那邊看了下，不過只是轉瞬之間，他又看回鬼王身上，繼續開口。「妳打了我女兒領著玩的小孩子，本王就打妳，要知道打狼也要看主人，本王女兒的東西就是本王的！」

凶猛狼嘯炸出的同時，比申惡鬼王也同時振動羽翼，又是一股強烈的黑色力量向前衝撞，但是撞上狼嘯引起的空氣爆裂時卻完全沒能抵禦幾秒，黑暗完全被撕碎了，鬼王邊上一名鬼族高手眼見不對，立刻炸出濃稠的黑水擋在鬼王面前。

下一秒，水盾與鬼王高手被撕得粉碎，殘骸碎片在空氣中爆出火焰，直接吞噬成灰，也沒削減幾分的巨力打破黑色防禦結界，直接硬撞上鬼王的身體，把比申惡鬼王往後撞飛好一段距離，差點就被捲入火龍捲中。

鬼族那邊剩下的兵將全都駭然得靜寂無聲，幾秒過後，低階鬼族瘋了似地回擁鬼門，這次什麼都制止不了它們，就算已經扭曲成鬼，它們還是有著對灰飛煙滅的本能恐懼。

我默默想著，如果狼王知道打了阿法帝斯的不是鬼王，而是安地爾之後，那畫面會有多美好。

某個鬼族這輩子應該沒有被狼王狠狠揍過，令人非常期待。

「對了，看來妳還對我燄之谷不少狼出手，一併還妳。」

狼王話一出，鬼王的臉色猛地驚愕，轉爲極怒的同時，周圍火流河龍捲已對狼嘯聲起了反應，從火龍捲中輕飄飄地脫離出一名烈焰形成的年輕女子，曼妙的身材在空中旋轉起舞，火焰裙襬隨之飄舞顯得無比炫目；幾秒之後，火焰女子在高空中分裂開來，七束火焰直接拉長，重新彎轉出長劍般的型態。

「給本王殺了叛徒，還有那些不上檯面的垃圾高手。」

狼王令下，七柄火劍瞬地穿透包括宗道魁在內的剩餘鬼王高手，速度之快，快到我完全沒有發現火劍已從頭頂悍然貫穿他們的身體，恐怕他們自己也沒反應過來，七個人就這樣活生生地被穿插後僵直在原地，火光先是從他們的眼眶與鼻孔嘴巴滲出，接著那些黑暗的肌膚也完全由內透外地光亮了起來，火絲開始從毛孔燒出也不過就是短短一、兩秒間的事情，七人的身體就這樣在原地被由內往外燒得焦黑，接著黑色的灰開始剝落，人形的黑灰潰散開來，只剩下烈焰的劍還在原地燃燒著死亡的凶厲光芒。

「炎天，你已經……」到這份上，比申才露出遲疑的表情。

「廢話，本王乃一族之王，還跟你們囉嗦什麼。」狼王這次抬起手，火流河四面八方都浮出了那種型態的火焰女子，幾十雙金色的眼睛中只有濃濃的殺戮意念，就這樣落在比申惡鬼王與剩下的高階鬼族身上，「再說一次，背後的人出來，其餘的給我滾。」

「鎮邪狼王，炎天，看來你隱藏的本事還眞不少。」

火流河的氣氛再次一震，冰冷的幽暗氣息鋪天蓋地地降下，雖然沒有覆蓋過狼王的威壓，但已經抑制了狼后與其他武士的戰意。

陰冷的詭異聲音來自於比申惡鬼王後面那扇被狼王衝擊的半毀鬼門之中，殘餘的鬼族精神一振，重新站直了起來。

「本王不用隱藏，想看本王的眞本事，就把你的龜腦袋從那扇破門伸出來。」完全沒有爲對手突現的強大力量有絲毫動搖，狼王笑了聲：「最近一直在騷擾我燄之谷小孩子們，縮頭縮腦到連本王都聽聞的就你吧，『裂川王』。」

「呵呵呵呵呵……」幽冷的怪笑聲從鬼門中傳出，「很快地，你就會爲無知付出代價。」

「等你啊，最快的先來一招吧。」狼王環起手，半瞇起眼睛。

像是回應狼王的期待，火流河下方突然爆出非常恐怖的黑暗力量，這種力量讓我整個人抖了下，心臟好像被什麼東西用力扭住，痛到差點喘不過氣。

在層層保護結界之中都可以有這種感覺，更別說外面的狀況有多可怕。

「該你了。」

狼王只是很簡單說了三個字。

一抹冰涼降低了火流河因爲遭到極速污染而飆起的不正常失控高溫，像是也要撫平受創的世界脈絡痛號般，白銀的冷光橫空出現，快速形成龐大的優美圖形，緩緩下降到正在向上蔓延的大量毒素上方，竟然就這樣壓制住連火流河都被污染的黑暗。

出現在狼王身邊的人非常安靜，纖細的身體還比狼后矮小了些，冷色的目光幾乎沒有情感波動，看著下方的污染，連眉頭都沒有皺一下，彷彿只是看見小跳蚤在腳下蹦騰而已。

來者我們非常眼熟，不久之前他才剛帶著自己的精靈小隊離開去修補空間通道，現在精靈小隊沒有同行，只有他單獨站在狼王身邊。

狼王對著驚愕的惡鬼王與瞬間沉默的鬼門咧嘴一笑。

「來來，本王給你們介紹，冰牙族第一王子，首席精靈術師兼戰士團長，問個安吧。」

泰那羅恩完全不在意狼王搭著他肩膀的行為，只是看似隨意地抬起手，冷光法陣從他腳下張開，與狼王的烈焰交互重疊，雖然是完全相逆的反屬性，此刻竟然沒有任何排斥，一紅一白的法陣圖騰居然非常和諧，烈焰沒有破壞凝冰，寒冷也沒有驅逐高溫，表示兩人術法掌控之精密已經和我們不是一個水平。

下意識往學長那邊看，我以前也看過學長同時釋放火與冰，可是沒有上面兩位王者這麼相合，而且看樣子狼王與大王子一點也沒有影響對方，似乎還互相支撐了某部分，使兩種法陣有一小部分是完美融合的。

……這世界果然很可怕啊。

我搓搓手，覺得全身寒毛都豎起來了。

大王子慢慢降下手，隨著他的動作，底下的凝冰圖騰竟然一點一滴化解了黑暗力量，逐漸淨化被侵染的火流河，吸收黑暗力量的冰晶不斷在圖騰上翻滾冒出，大大小小地晃動著，下一秒又消失不見。

直到最後一分黑暗被清洗之後，泰那羅恩才將手收回衣袖當中，面無表情地半斂起目光。

「哼……走著瞧。」

黑暗力量回收到鬼門時，鬼門再度因爲半摧毀而劇烈晃動起來，眼看著就快崩潰。

比申惡鬼王一咬牙，「退！」

「金鈴。」狼王聲音再次傳來，與先前的豪爽張狂不同，反而非常平靜，就如他現在的表情一樣，「食魂死靈這種垃圾零食別再吃了，腦子眞的會壞。」

鬼王怔了下，接著狠狠地瞪著狼王，發出淒厲的吼叫聲，最後扭頭瞬入鬼門當中。最後一絲力量被收回，鬼門終於崩潰，火流河的烈焰眨眼呑噬入侵的惡客，連點灰都不剩。

這時，所有在火流河中的狼族集體嚎叫了起來，眾多狼嚎聲傳來的都是興奮與歡愉，正在讚頌他們高高在上的狼王無比的力量與壓倒性地擊退入侵者。

被這種熱血氣氛感染，連我都想跟著叫兩聲，這麼絕對性的場面讓人很容易跟著想跳起來叫。才剛這麼想，我發現附近有個和狼嚎很不諧和的另一種吼聲，一轉頭就看到五色雞頭早變回他那個獸王族本體，跟著在那邊亂叫一通了。

好補學弟則是仰望高高在上的狼王，露出一種如夢似幻的崇拜表情，「學長，我可不可以讓他含……」

我一巴掌抽掉人參沒說完的妄想。

「好了，可以收工了。」

狼王終於收回精靈肩上的手臂，然後非常輕鬆地一拍掌，火龍捲的躁動猛然停滯，接著像是水流般往下崩散，轟隆隆的幾秒之後，火龍捲完全消失，重新恢復成我上次來參觀時看到的火流河模樣。

七個平台也幾乎都消失了，只留下了狼后所在的大平台及那些核心術師、戰士們。

狼王又往大王子肩膀一搭，身形不知道什麼時候縮小了些，比較接近之前在精靈族的型態了。「岡茲，你和木樨把這裡清理清理，之後封閉火流河一個月，等火流河把那些髒東西都燒光後再重新開放給小輩們修行。」

「是！」

這時候的山大王已經沒有之前那種隨便感，而是嚴肅認眞地回應著狼王的交代。

一場鬼王入侵就在短短時間內被狼王平息，說不尊敬他是不可能的，就連我都對狼王有著無限的崇敬，快要忘記他和精靈王灌酒的事情了。

然後狼王看過來，方向就是我們這邊，在我還沒反應過來時，他已經開口，「狼后，其他事務妳處理……你們幾個跟本王來。」

還沒意識到狼王這話是什麼意思，我只聽見狼后恭恭敬敬地應答，接著我們身邊猛地掀起了金色火焰，我整個人直接被包覆，瞬間湧上的驚嚇還沒退去，火焰又突然全消失了。

這次，周圍的空氣已完全降溫，而且還有些幽然，這感覺我有點熟悉，先前曾經來過。

我瞪大眼睛，一座神廟出現在我面前。

狼神神廟。

※

「都進來吧。」

重新出現在我面前不遠處的狼王隨意地招招手，搭著泰那羅恩大步邁進神廟。

我冷靜下來後，發現除了我之外，學長和夏碎學長也出現在我身邊，還有狼形的阿法帝斯，顯然牠還沒清醒，軟軟地趴躺在地面。哈維恩、五色雞頭和好補學弟則是不見蹤影，可能留在火流河那邊，要等其他人安排了。

學長彎下身，抱起阿法帝斯，「走吧。」

雖然不懂狼王爲什麼會把我帶過來，不過學長既然這麼說了，我也趕緊跟了上去。

踏入神廟，依舊是那重組的狼神遺骨，還有早就已經在那邊等待我們的狼神，模樣是最後看見的青年2.0版本，紫金色的眼睛一一看過我們每個人，最後停在放開精靈的狼王身上，「炎天，辛苦了。」

「小意思。」狼王這時竟然很有禮貌地朝瞳狼一個行禮，側旁的泰那羅恩也優雅地做了精靈的行禮，我趕緊也跟著大家一起向瞳狼躬身敬禮。

行禮完後，我突然感覺氣氛變得輕鬆起來，好像狼神和狼王瞬間把自己身上的壓迫感收整乾淨，正下意識想要往學長那邊靠過去時，狼王突然整個人唰地一下轉過來，還超不客氣地直接把我推到一邊，然後張開巨大的雙臂，「小乖乖～給外公抱一下～～！」

「……」我摀著嘴，差點被自己的口水給嗆到。

「……」學長臉色冰冷地看著人前人後變樣超快的狼王。

「……」夏碎學長立刻接過阿法帝斯。

「……」大王子依然面不改色。

不知道爲什麼，剛剛讓人滿心欽佩的王者高度好像下降了那麼一點點呢……

狼王用力地把學長抱了個滿懷，眞的是一記熊抱，我瞄到學長眉頭都有點皺起來了，狼王還往他的頭頂蹭蹭，接著我看見他的右手已經可疑地有點變形成狼爪。

「不要用原形舔。」學長冷漠地推開狼王的腦袋。

我腦子裡不由自主地浮現出一頭巨狼抱著學長舔的畫面，怎麼想怎麼恐怖，整個人戰慄了起來，下意識離他們遠一點，站到夏碎學長旁邊。

狼王的表情有點委屈，狼爪悄悄變回手掌，抱了學長一會兒，把他腦袋的頭髮蹭得亂七八糟之後才終於鬆開手，「外公看見你高興啊，上次回來只待一下下，就一下下，如果不是有正事，就應該把你打暈抓回來。」

學長沒有說話，而是微微瞇起紅色的眼睛，然後伸出雙手抓住狼王的衣襟，這時候我還以爲按照學長的反射暴力是要揍狼王，不過他沒有，只是猛地把狼王的衣服拉開大半，狼王竟然也沒有不悅，很寵溺地任由學長動手。

狼王的衣服一被扯開後，暴露在空氣中的是精鋼一樣的完美胸肌，肌肉緊實到宛如藝術品般的胸膛，以及下方同樣鍛鍊完美的八塊肌，光看就讓人不自覺想要流口水。

然而在這種力道美的雄偉肌肉上，出現了三道紫黑猙獰的傷痕，每條至少都有三十公分的長度，就算狼王本身軀體高大健壯使得傷痕相較之下很小，但也已是非常嚴重的傷勢……他剛剛就是帶著這傷去趕走鬼王？

「年紀大了不要那麼喜歡擺架子。」學長輕微嘆了口氣。

「這雞毛子傷外公根本不放在眼裡，其實你外婆自己就可以打退他們了，不過難得你又跑回來，外公當然要去威風一把讓你看看狼族的威態。」狼王此刻根本已經完全失去威嚴，出現在臉上的滿滿都是寵溺、還有寵溺，我都可以看見後面的狼神翻了一記白眼。「就，打退幽冥走道時不小心被抓了一把，沒事。」

雖然他說得很輕鬆，可是能夠隻身對戰整個鬼門都沒事，卻在幽冥走道受傷，連我多少都能想像當時的狀況有多險惡。

這時泰那羅恩終於走過來了，學長立刻讓開位置。

「小傷不用麻煩啦。」狼王本來想把衣服扯回去，結果學長冷眼一瞪，剛剛在火流河神威無比的狼王馬上服軟，眼巴巴看著自己的外孫，露出傻爺爺疼愛的笑容，完全沒有掙扎地讓精靈近身檢視自己的傷口。

「只是水毒。」泰那羅恩指尖在狼王傷口上輕點了幾下，原本的紫黑顏色很快退去，顯露出該有的血色，沒一會兒傷勢開始收口，快速被治癒。

「看吧，就說沒事。」等精靈的手離開之後，狼王飛快拉起衣物，整理了下，又往學長頭上摸摸。看起來似乎還有點不過癮，不過很克制地收回手，轉向夏碎學長那邊，「阿法帝斯這是怎麼回事？」接過了昏迷中的狼，烈焰般的目光停留在牠無力垂下的腳上還存在的腳鐐，這時腳鐐的色澤比之前更深了不少，散發出腐朽的氣味。

「噬魂鎖。」泰那羅恩淡淡地開口：「製作者已死，然而死者詛咒讓鎖變得更加凶厲。」

「交給你了。」狼王這時候的態度理所當然。

大王子再次伸出手，白皙的手掌握住了腳鐐，冰霜迅速攀附上詭異的噬魂鎖，直到整個腳鐐完全被冰氣包覆之後，他輕輕收緊手指，細小的脆裂聲猛地從纖細的手中傳來，一片片裹著冰霜的黑色碎片從精靈手中落下，觸碰地面之前已化爲冰粉，融化後徹底消失不見。

那個噬魂鎖竟然就這樣不聲不響被大王子給破除了。

像是有默契般，兩人都沒開口，狼王很自然地就把阿法帝斯的狼身交給泰那羅恩，後者輕柔地抱著有些龐大的狼軀，讓阿法帝斯的頭靠在他的肩膀上，一抹淡淡的精靈冷光從大王子身上亮起，雖不耀眼，但布滿他全身後轉爲柔和，開始往昏迷的狼滲了進去，我依稀可以感覺到那種清冷的微光並不是冰冷寒霜，而是有點讓人舒服、生機蓬勃一樣的力量。

「炎天，你還眞放心啊，冰牙族畢竟和炎狼力量相對。」狼神有點無奈地開口。

「沒事，老交情，泰那羅恩這孩子很乖，以前也常常幫忙。」狼王大笑了幾聲，直接往大王子背後拍了兩下，「要不是他老子禁止，本王也想跟他喝兩杯，精靈王那個狡猾的老傢伙有這麼好的孩子眞是他上輩子燒對香。」

我看了看毫不遮掩欣賞的狼王，又看了看閉上眼睛正在專心幫阿法帝斯治療的大王子，深深在心中認為……

您可能喝不過他喔老大。

※

「大家都坐下來休息吧。」

大手一揮，基本上好像把這裡當成自己家的狼王帶著我們到神廟側邊的小廳院，相當豪邁地說著：「燄之谷有狼后坐鎮，不用擔心，金鈴不是她對手，要不是搭上裂川王，她還沒那膽子回來搗蛋。來，給本王說說你和阿法帝斯是怎麼回事。」

狼王銳利目光直接固定在我身上，我抖了下，也不知道該不該實話實說。

「在吾家的地方，你說謊有用嗎。」瞳狼的聲音飄過來。

也對，根本沒用，我眼前這幾位都是竊聽好手啊！搞不好狼王本身也是！更別說坐在一邊，好像自己是另外一個世界的冰牙大王子。

因為抱著阿法帝斯的狼體，泰那羅恩沒有來我們這邊坐下，而是在神廟的窗邊陽台找了比較大的空間靠坐下來，讓狼趴伏在他身邊，頭顱則靠在他腿上，就這樣輕輕地擼著後頸的十字紋，不過就在精靈每次輕撫的同時，淡淡冷色的光芒便從他掌心中滲入狼體內，看來治療還在持續著。

苦笑了一下，我把被扯進夢連結的事情一五一十告訴其他人，描述到調動黑暗力量時，我背脊整個涼涼的，下意識把調動的範圍講小一點，沒敢把整個連結空間都搶過來的事情說出口。

大致上講完後，四周氣氛馬上陷入一片恐怖的沉默，其中沒什麼變的似乎只有學長和泰那羅恩，前者本來就知道我的狀況所以給我一記白眼，後者則是繼續在自己的擼狼毛世界，完全沒有抬頭搭理我們。

相較之下，夏碎學長表現得若有所思，狼王和瞳狼臉上則是出現怪異的表情。

「所以你不是當代妖師首領吧。」又過了十多秒，狼王突然開口：「沒搞錯的話，你應該是繼承力量切割的那小子，你如果哪天想要用先天力量和血脈繼承去篡位的話，記得通知本王一聲。」

「……啥？」我愣愣地看著露出壞笑的狼王，這位王者現在臉上的表情簡直就和我學校裡面那些想要搶銀行的師長一樣。

「不過阿法帝斯這孩子真是碰上我們這些人的陳年舊事他就亂了，自己的事情反倒比較冷靜，把命豁出去要給我們墊腳這點不好。」狼王嘖嘖兩聲，順勢往大王子那邊看了眼，若有所思，「還有待加強啊，看來等他醒之後得花時間再把他調教調教。」

不知道爲什麼，他這語氣讓我覺得阿法帝斯未來可能會有好一段時間日子不太好過。

「說點正經的。」自己在那邊說不正經話的狼王臉色一整，有些嚴肅地開口：「去火流河之前，本王就感覺到領域內的部分黑色力量被調動，是爲『善』動，如果當時像金鈴那些黑術士，恐怕你也會被火流河鎖定。」

我抖了下，感覺自己是不是瞬間在死亡邊緣擦身而過。

「沒錯，你差點死了。」瞳狼瞥了我一眼。

「雖然世界脈絡不屬於任何人，但這些支流意識會選擇守護者與相應的種族。」學長淡淡地回答我的一臉驚恐。「被選上的守護者若是夠強大，能夠在合理範圍中運用世界脈絡，例如開放一小部分給族人修行，或者與脈絡溝通達成協議，有一定的連結合作。」

「就像阿法帝斯可以開啓一樣嗎？」不自覺地，我看向了趴在精靈身邊的炎狼。

「阿法帝斯的權力是來自於轉移，畢竟被選上的守護者只有一人，所以可以選擇幾位輔助的守護者協助看顧，燄之谷的七名守護者都是火流河守護者狼王轉移的協助，而狼王是少數能夠與世界脈絡達成溝通、進行連結合作的守護者之一。」學長想了想，簡化解釋。「也就是說，比申惡鬼王忽略了這點，千年前狼王是單純的守護者沒錯，但是現在的狼王已經被火流河認可，火流河進一步讓狼王行使脈絡力量……也就是說，剛剛在火流河裡面，就算裂川王眞的來了也不一定會有好處，火流河完完全全會借給狼王力量，狼王遠比在外面更強大。」

「等等，小乖乖，你外公一直都很強大，只是在裡面比較省力而已，不靠火流河還是可以把那啥裂川龜打成裂開龜。」狼王一聽學長的解說馬上抗議了起來，還忽視了學長聽到那個稱呼時皺了一下眉的面部表情。「本王雖然早就和火流河當上朋友，不過本王本來就很強，是火流河自己也不爽被入侵，才下手那麼狠。」

「那和我差點死了有什麼關係嗎。」我抹了一抹冷汗，心驚膽戰。

「……換句話說，當時火流河裡面完全是狼王的可控領域，他一進來就鎖定黑色力量，和火流河聯手狙殺，如果你那時用的黑色力量是惡意攻擊，你早就一起被燒死了，連我都救不了你。」學長冷冷地盯著我，盯得我頭皮發麻。

「沒錯，因爲那些小垃圾太多，本王只大範圍抓一個統整，直接燒死邪惡的黑暗力量，你和那個夜妖精調動力量時沒什麼惡意，才排除在外。」狼王揚揚手，有點不以爲然，「不過小乖乖帶回來的人本王信得過，帶個鬼族回來本王都不覺得會燒死。」

「……」我現在開始後怕了，原來那時候眞的差點就死了。不過這種大範圍攻擊也眞的很厲害，當時可是鬼族大軍都差點被滅了，也不知道要強到什麼地步才可以讓世界脈絡的力量配合，眞心可怕。

話說回來，這麼強的，或許也不多吧。

「你面前還有另一個啊。」瞳狼直接指向旁邊。

我跟著看過去，看到在把玩狼毛的冰牙族大王子。

「不然你以爲是誰把三王子埋在月凝湖的。」

第九話　記憶回溯

「好了。」

這時候，泰那羅恩突然開口，冰冷的眼睛往我們看過來，似乎完全沒聽見方才的談天，語氣很淡地說：「體內損傷已修復，只是血氣因先前的燃血驟減，多休息幾日便能恢復。」

「謝啦。」狼王走過去，非常豪爽地拍拍大王子的肩膀。「不愧是本王的兒子，回頭看你喜歡啥帶點回去，本王私庫怎麼進去你懂的。」

「……」我剛剛沒聽錯吧，兒子？

「不要再佔精靈族便宜了，外公。」學長表情很無奈。

「什麼鬼話！你娘、我女兒，被你爹、冰牙族騙過去，那個精靈王老不修的就放話說嫁過去的他會一視同仁當成女兒看待，就這樣佔了本王便宜！本王女兒養那麼大莫名就多一個爹，那好，要說誰也會說，我女兒的哥，就是我兒子，這孩子就本王的兒子沒錯！」狼王整個強詞奪理還說得理所當然，完全不覺得自己哪裡不對。

對於這種搶兒子之說，泰那羅恩沒什麼反應，估計精靈的個性也懶得去搭理這些口頭上的佔便宜；我所知他唯一爭過的那次，很可能就是在月凝湖那時候和阿法帝斯搶學長吧。現在想想，應該是有包含對兩個弟弟不幸的補償意味在裡面。

這麼說起來，那你女兒的精靈爸爸算是你的什麼？老公嗎？

「炎天，你想知道剛剛妖師在想……」

我靠！我錯了對不起！拜託你千萬不要告訴狼王啊啊啊啊啊啊！

驚恐地看著挑起眉的狼神，我現在整個害怕，比剛剛差點被宰了還要害怕。

「擦骨頭。」瞳狼飄過來，對我伸出手指，「兩次，加上角質按摩。」

……趁火打劫啊！

「炎天……」

我擦！我擦就是！我一定盡心盡力幫你們的骨頭按摩到你們開心！

啪的一聲，邊上的學長直接抽了我的腦袋。

「你們在神神經經什麼。」狼王瞇起眼，疑惑地盯著狼神。

「我只是好奇！精靈王能讓世界脈絡開關墓園真的很厲害！」趕快換個話題，再不換我怕我會死在自己的腦袋裡面！

「傻嗎，剛剛說的是泰那羅恩，你小子腦袋肯定不是很好，難怪明明是妖師後人還混得這麼慘。」狼王用一種關懷無知後輩的眼神看我，「冰牙族的月凝湖守護者是泰那羅恩，不是精靈王那老小子。」

「咦？」我這次眞的有點意外了……啊，之前有說過大王子管理月凝湖的大門，我還以爲是幫精靈王管理的。

「精靈王是協助者，雖然先前他確實爲守護者沒錯。」學長看了眼陽台邊的大王子，「但是父親死亡之後，月凝湖的守護者重新交替，月凝湖自行選擇泰那羅恩，這件事情其實我也很不明白……」

「只是各取所需，與月凝湖達成協議罷了。」泰那羅恩淡淡地回應，也沒說太多，視線就飄到陽台外的風景去了，好像對我們這邊很沒有興趣。

既然人家不想說，大家也沒有去追問的理由，只好紛紛把視線轉回來。

……

……

不對，等等，所以那時候進墓園當下，如果我沒有得到認可或是有什麼異常，完完全全就會被消滅在月凝湖裡頭對吧！

我猛然察覺，原來當時我在精靈族經過的不是一、兩次考驗，可能次數多得我自己都不知道。

該怎麼說呢，有時候無知眞是好事，至少神經大條一點才不會嚇死。

「你們三個都過來吧，本王幫你們調節一下。」開玩笑的語氣一收，狼王重新坐正，那種似有若無的王族氣勢飄散出來，我跟著緊張小心了起來，再次意識到這是高高在上的炎狼王者，不是隔壁奇怪的大叔。「特別是藥師寺的小子，你幹嘛帶個詛咒滿街跑？」

夏碎學長勾起微笑，在狼王示意下詳細地解釋了矮人預言家的事。

聽完之後，狼王和狼神對看一眼，接著轉向窗台邊朝我們投來視線的大王子，「這事你知道吧，上面記載『那孩子』的事情，可見牽涉得不少，既然大家都在這裡，本王拿個主意，透過詛咒記憶回溯，看看那些鬼族想從上面找到什麼。」

泰那羅恩終於站起身，動作優雅地點了點頭，「燄之谷地界，一切由狼王做主。」

「本王知道爲啥你會千里迢迢從冰牙族跑來這了，你小子是不是不能在精靈族那邊回溯詛咒記憶，所以跟著藥師寺家的小子屁股跑來，要讓本王幫你這忙啊？本王就奇怪冰牙族也出事，精靈王怎麼會放心讓你這守護者自己跑來。」狼王沒好氣地斜了眼大王子，「還把責任推給本王啊，嘖嘖，你這狡猾個性和精靈王越來越像了。」

「冰牙族與燄之谷相同，此等襲擊無法撼動冰牙族，即使我不在也不會影響，謝謝狼王陛下的關心。」泰那羅恩相當自然地回應狼王的白眼。

狼王伸出手，用力地往大王子頭上揉了好幾下，把精靈的頭髮都揉亂了才滿足地收回手，「好，你們精靈族怕心痛，那就本王來做這件事，藥師寺的小子，書給本王，你隨便找個地方站好。」

「別隨便，那裡吧。」那個「隨便」好像勾動了狼神什麼回憶，瞳狼立刻指向神廟的另外一處，「祈願間。」

「也好，比較空曠。」狼王點點頭，接過夏碎學長交給他的石板書後，直接大步走出小廳，領著大家往附近的大空間前行。

所謂的祈願間也就是個完全沒有任何物品的大房間，至少有三、四個教室那麼大，空空蕩蕩的，除了神廟該有的壁雕花紋以外，一件家具或裝飾品都沒有，可能眞的就是讓人在這裡全心全意地祈禱吧，不過這狼神廟不是很難進入嗎，怎麼會有這種空間。

「只是當初多蓋的，沒要做什麼，就隨便取個名字比較好聽，別想太多，打架練手都會在這裡才不會砸壞家具和骨頭。」狼神再次戳破了我對大種族的幻想。

「行，就站這。」狼王給夏碎學長指了房間中央的位置，「這樣看起來比較像要做大事的樣子。」

做什麼大事啊，剛剛火流河還不夠大嗎……

夏碎學長倒是很乖巧地在狼王指定的地方筆直站穩，周圍環繞著我們一群怪怪的人，看起來還眞像要獻祭什麼東西舉行怪儀式之類的。

「老大，麻煩你了。」狼王朝狼神點點頭，然後抬起右手，火紅色的陣法一個個快速在我們腳下展開，大大小小一直到十多個，快慢不一地旋轉，烈焰法陣帶來了強烈的狂傲與尊貴氣息，每個陣法都滲出不容侵犯的能量，像盾牌一樣層層疊疊布置在房間各處。站在狼王對面的大王子也如同鏡像般同時做出相同動作，在我們頭上則是張開了冷色的銀白色陣法，將我們包裹在其中的是十多個法陣帶來的淡雅力量，雖然似乎難以接觸，但卻有點溫柔地在我們每個人身邊都設下守護。

石板書此時已飄浮在瞳狼胸前，他沒有抬手，書本就奇異地自動翻開了頁面，上頭再次出現我們看過的那些敘事與畫面。「來吧。」

夏碎學長輕輕吸了口氣，眨眼瞬間，一團黑色惡意突然從他右手飛竄出來，先前因爲已經處理過這個詛咒，上面的惡念早已沒有之前強烈，而是連我都可以很輕易捏碎的衰弱程度。細小的聲響從那團惡意傳來，黑色的力量突然就像被解壓縮般立刻膨脹了兩、三倍不止，不過仍是很弱。

像是霧氣般的黑暗慢慢扭曲了起來，幾個凹凸的伸展之後，開始出現了人一樣的形體，正好就是先前我們看過的那個烏鴉嘴矮人的模樣，只是縮小了很多倍，現在的矮人怨靈只有籃球大小，在周圍全都是王者和神的壓力下，瑟縮成一團，身上的惡意也收斂許多。

狼王點頭後，夏碎學長看著惡靈的血紅色眼睛，語氣平緩地說道：「先前我多次試圖與您溝通，您應該也能感受到我的意念，我們只想知道您遭遇了什麼事情，這本記載著黑暗王者的古典中，又有著什麼祕密？」

黑色形體的小眼睛閃爍了下，彷彿又滲透出惡意想要襲擊夏碎學長，但狼王一個冷哼，透出的邪惡馬上破碎，黑影顫抖得更厲害了。

「你想解脫嗎。」

冷淡的聲音從一邊傳來，黑影循聲看去，紅色眼睛落在精靈的身上，有點恐懼地閃動幾次光芒，逐漸露出渴望。

「如你這種遭撕碎的亡者，不將詛咒完成，會魂消魄滅，然而精靈能修補受創亡靈。所以，我再問一次，你想解脫嗎？」泰那羅恩的聲音很輕，但出口的話語卻像水晶般清澈，連站在旁邊的我都覺得這種聲音好像可以透進靈魂深處，不由得把整個注意力都放到了大王子身上，看著那張仿若瓷偶、毫無表情的美麗面孔，莫名清明舒服了起來。

這次矮人黑影沉默許久，直到他全身劇顫不休，與之前的凶厲不同，這次從黑影傳來的是極度痛苦的悲求言語——

「救救我，求您救救我……」

※

泰那羅恩在和惡靈說話時，我很明顯感覺到他在調動身邊的白色力量，不知道是否刻意，雖然不是很明顯，但能讓我察覺到，這感覺在二王子的記憶中也體驗過許多次，所以我在夢連結才會有樣學樣地使用黑色力量。

看來我的想法沒有錯，以前雖然也可以應用，但是沒這次這麼順利。

思考之際，矮人亡靈已經卸除防備，陰冷的聲音緩緩傳來。「都是那本書的災難……你們只要看過隱藏頁，就會知道後面有多可怕。」

「夾頁？」瞳狼身前的力量一個震動，石板書快速翻起，接著停在其中一頁，如同有生命的書頁突然從中間左右分開，竟然在精靈族中都沒有被發現的一個新的頁面展開在我們面前——一幅很恐怖的畫面。

整張圖畫用的全都是黑色顏料，隱藏頁一被打開，邪惡的氣息像是被釋放般凶猛暴增，突如其來的黑暗遠遠超過我們的預料，眨眼就像小炸彈一樣爆炸開，幸好狼王和大王子已預先放出守護，我看見一坨黑色的東西砸在我前面的守護上，接著大量像是蟲子的細絲發狂爬出，死命地想鑽入防護力量。

泰那羅恩抬起右手，冷光在眾人身邊亮起，一坨一坨的黑色侵蝕硬生生被蒸發，很快便消失不見，連帶把書頁炸出來的邪惡壓迫回去，重新固定回那幅恐怖的圖案上。

剛剛打開時其實我和其他人都已看見上面的繪圖，現在邪惡被壓制之後才再重新仔細端詳。那是幅大屠殺的畫面，與二王子被繪製的黑暗場景不同，這是真正完全的屠殺。黑色的圖背景不明，隱約可以看得出來是一座岩石山，上面站立一名看不見面孔的人，他的腳下全都是支離破碎的屍體肉塊，滿滿頁面中全都是大量肉塊內臟與骨骸，濃重的血腥惡臭隨之飄散，我腦袋一暈，差點吐出來。

「炎天，這是……」瞳狼皺起眉。

「本王大意了！」狼王罵了句。

還沒意識過來他們兩人的意思，我腳下猛然一震，整座神廟竟發出不祥的呼嚎聲，狼吼般低沉的聲音從四面八方傳來。

下一秒，學長甩出火色長槍猛地往祈禱間左側射去，長槍釘進牆壁時捲出火焰，竟然就這樣被他插出奇怪的形體，而且還燒了起來，發出淒厲的尖叫聲。

那個形體雖然有點像人，但詭異的是有兩顆長型腦袋，脖子也拉得很長，身體像紙片般，手腳也呈現怪異的細長狀，只有三根指頭。被釘上牆時形體是半透明的，沒有五官，就只是怪異的形狀，現在正在烈火包圍中瘋狂掙扎，然而也只掙扎短暫幾秒，很快便全身抽搐，最後安靜下來，被燒成灰燼。

「煉獄鬼。」明顯知道那是什麼東西，學長收回長槍。「封在隱藏頁裡。」

「別動。」泰那羅恩平靜地給了我們兩個字，下秒身影一個模糊消散，再次風一般返回時，他的動作是將長刀收回鞘中，另一手還挾著原本安置在小廳休息的阿法帝斯，祈禱間四面八方這一秒同時出現好幾個從中被斬成兩斷、全身冰霜凝結掉落在地的半透明雙頭人形。

仔細算了下，扣除學長燒死的那個，房間裡竟然還有七個掙脫封印的鬼東西！

大王子把阿法帝斯整隻交給我時，那些雙頭人形已碎成冰粉，被下方火色法陣吞食乾淨。

這時矮人怨靈已整個縮成一小團，不但有對於雙頭人形的恐懼，還有對於周邊強者的懼怕，原本我還可以感覺到他的詛咒力量想要找機會襲擊夏碎學長，現在卻已完全不敢了，就怕隨便一動，不管是學長還是精靈王子都能夠捏碎他，更別提狼王，以及到現在不顯聲色的狼神那種高層次存在。

雙頭人形全滅後，石板書夾層的圖畫再次有了異變，邪惡力量在圖面上流轉，原本站在山上那個人竟然慢慢轉動頭部，轉過正面……應該說，往我們所有人的方向「看」過來，血色的光點在眼睛部位睜開，這瞬間，我覺得我好像和圖內的人對上眼，一股幽森冰涼的不適感讓我頭皮猛地一麻，後腦突然猛烈緊繃，劇痛傳來的同時讓我的頭部後方好像被撕裂一樣，「啊啊啊啊……」

摀著頭，我不由自主發出哀號，反射性往後退兩步。

冰涼的手掌貼上我摀著後腦的手，劇痛突然被壓下了，嗡嗡作響的腦袋立時得到舒緩，我用力吸吸鼻子，才從頭暈眼花中恢復視線。

泰那羅恩另外一隻手按在書本、那幅畫像人物的頭上，正好掩蓋住那雙紅色的眼睛。反應了精靈的動作，整幅黑色的圖震動起來，邪惡力量再次扭曲時，圖畫上竟然有五個小點往上凸起，很快地，黑色的指甲帶著紫黑色的指頭從裡頭伸出，直到露出至兩關節長度時，五根手指猛然往中間收攏，一把抓住精靈的手掌。

這些指頭幾乎有正常人的三倍粗，指甲也有一定長度，抓住遮蓋書面的手時就像鐵鉗一樣

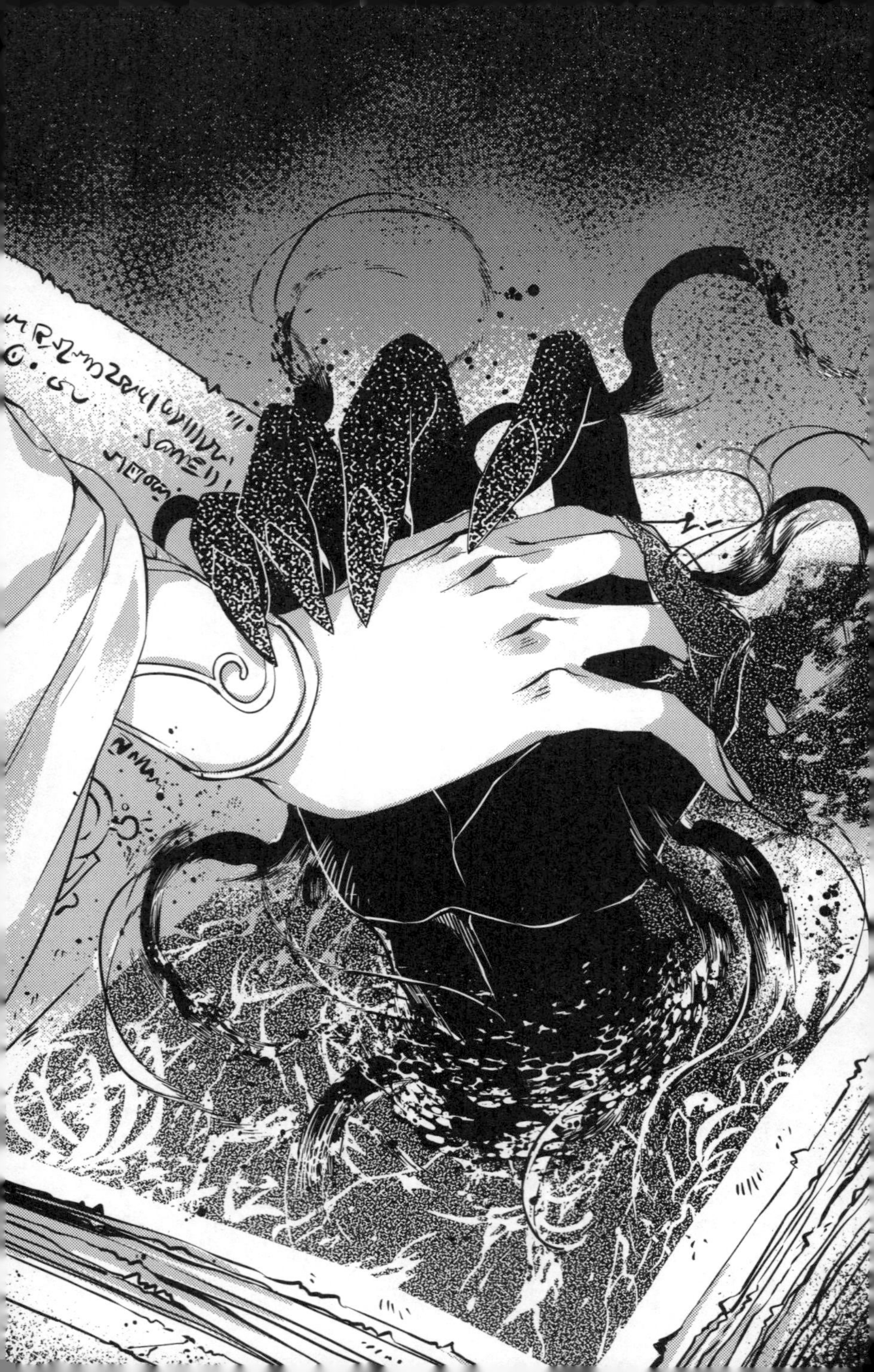

死抓著不放，逐漸浮現的其餘手指部位與黑色手掌更是把大王子的手往後推開。

「哼。」精靈冷冷一聲，無視手指的握力，一巴掌拍上圖面，同時把那些手指全都拍回書中，邪惡力量瞬間潰散，我腦袋剩下的那些微痛也完全消失。白色手掌移開後，圖案已恢復原先的樣子，只是不再有先前的恐怖感。

「衝你來的？」狼王挑起眉。

「不全然是。」泰那羅恩也收回我腦後的手，微微點頭，接著看向矮人，「你的任務結束了。」

矮人惡靈突然發出噗哧的奇怪聲音，像是體內有什麼洩氣般，整團黑影乾癟下來，像被放風的氣球一樣。大約過了十幾秒，那團東西再次鼓脹起來，這次有了比較明顯的矮人原本面貌，雖然還帶著黑氣，不過至少輪廓與五官比剛剛清楚許多。

「好，那就開始記憶回溯吧。」一把抓住小小的矮人，狼王腳下十多個法陣瞬間運轉起來，烈焰往四周急速燃燒攀升，像是瘋狂的舞者不斷扭動旋轉，就在這些火焰遮蓋了神廟所有景色時，海浪的聲音竟然開始傳來。

一開始很小，接著不斷轉大，一聲接著一聲的浪潮拍擊原本位於遠方，不過短暫幾秒就已轟然衝擊到我們身邊，腳踩的地面也隨之搖晃，我沒有站穩差點被晃倒。

火焰熄滅時，我們已全都在一艘船上，包括剛剛因爲腦袋痛，被我摔到地上的阿法帝斯。我一臉尷尬地把昏迷中的狼抱回來，希望狼很耐摔，不會這樣出現個包還什麼的。

「快快！詭鯊群追上來了！」

陌生聲音傳來的同時，一個水手打扮的人突然從我們中間貫穿過去，把我嚇了一大跳，回過神後，才發現我們站在一艘船上，四周都是來來去去的人，他們似乎完全看不見我們這些突如其來的訪客，只是逕自在船上跑來跑去，完成自己手邊的任務。

這是一條不算小的運船，再次穿過去的水手看起來有妖精的特徵，身上裸出的皮膚有著細小的狹長鱗片，應該是水族的某個分支。此時他扛著一大個幾乎比身體還要大的木桶衝往船邊，外頭的浪花整個打了進來，隱約可以看見隨著浪花一起張開的利齒，差點就咬到船員的頭顱，幸好藏匿其中的龐然大物撞上船身又往後掉落。

船員罵了句，接著大喝一聲使力，就把木桶裡的東西全倒進海裡，那是大量水晶，有大有小，在風浪中閃著不同的光芒，很快被海水吞噬。

與此同時，我突然看見了縮在甲板邊的矮人預言家。

活生生的樣子，只是臉色異常蒼白，口中不斷喃喃自語些什麼。下一秒他不顧一切混亂，拔腿往甲板另一邊跑，迅速下了船艙。我們幾人腳下也突然一沉，直接穿過吵鬧的甲板，在一個小房間中看見矮人急匆匆地撞門進來。

在船艙小房中，一張攤開的羊皮卷擺在窄小的床鋪上，此時翻開的黑色頁面正閃爍著詭異的血黑色光芒，上面的畫面不像我們現在所看見的樣子，反而是整片全黑，只有詭異的邪惡力量在上面不斷收張著。

「放過我們吧……」矮人不斷顫抖，撲通一聲跪在劇烈搖晃的地板，拚命朝石板書磕頭。

石板書上方隱約出現一道黑色身影，嗞血的意念似有若無地散發出來，伴隨著震盪空氣的奇異笑聲。那是絕對讓人不舒服的陰森聲音，就連觀看回溯記憶的我也全身迸出雞皮疙瘩，頭皮更是陣陣發麻緊縮。

黑暗的奴僕，去毀滅未來的種子，毀滅守護者……

竊竊私語般的奇異聲音從四面八方不斷傳來，有男有女、有老有少，幾乎難以定位哪個才是真實的，不過重複的全都是同樣這句話。

矮人顫抖得更加厲害了，當黑紅色的邪氣纏繞到他身上時，他已完全無法動彈，只能眼睜睜看著自己遭到黑暗入侵。

就在矮人周身露出絕望氣息時，空氣中突然一滯，似乎有奇怪的水晶碰撞聲打斷了黑色身影的動作。

「又是一個觸碰禁忌的人嗎？」

如同諷刺的冰冷聲音，切開了充滿黑暗語言的船艙空氣。

窄小的船艙內，不知道什麼時候出現兩道身影，一個非常高大，頭頂幾乎頂到天花板了，他得半彎身體才不至於撞穿上頭木板；另一人顯得嬌小許多，而且隱約能看出來似乎是一名女性，兩人都穿著斗篷，不過在女性揭開兜帽時，我差點驚訝地叫了出來。

熟悉的美麗面孔已在獄界見過一次，當時她還來接引我們。

沒錯，站在那邊的竟然是蘿西芙希，兩人黑色斗篷上雖然不是很明顯，但有著殊那律恩鬼王的代表圖騰；然而此時他們力量完全收斂，竟然一點也看不出是鬼族，只像普通的人類或是種族。

「看來詭鯊群的躁動就是因爲這東西了吧。」蘿西芙希淡淡開口，不大但是非常清晰的聲音好似能調動空氣充斥的邪惡力量般，竟然硬生生把黑影的血黑色力量擠壓回去，這讓羊皮紙卷上的黑影發出憤怒的咆哮。「竟然是惡神意識嗎……有點麻煩，動作快點吧。」

說話的同時，她身邊的那名鬼族幾乎像是與她思考同步，原本夾在手邊的石板書突然翻開，空白的夾層顯露了出來，動作一致出手的蘿西芙希直接掐住正想逃跑的黑影頸項，另一手則是抓住他下方身體，眨眼瞬間，竟然就這樣把黑影撕成兩半，抓住頭顱的那手直接將腦袋拍進書頁當中。

石板書快速翻動，又是一頁空白頁的出現，黑影再度被撕開，這次拍進了軀體，接著是手腳四肢，直到完全暴力塞入完畢，整整用了五頁被分出來的夾頁，畫面全都是漆黑一片，還沒形成圖像。

蘿西芙希腳下出現黑色的法陣，急速在上面施加封印，幾乎同時，床上的羊皮卷跳出十幾個之前被大王子他們滅掉的雙頭人形，持有石板書的巨人一手一個，直接也把雙頭人形全塞進書裡面，所有動作一氣呵成。陣法消失後，蘿西芙希快速割下石板書最後幾頁，另外那人砰的聲闔起書本，封印層層疊疊覆蓋上去，直到邪惡氣息與石板書完全穩定。

「你身上有邪神氣息，如果全帶走你可能會死，留下一部分在書裡，你務必帶著這本書到公會本部尋求幫助，那裡能人眾多，會替你解開詛咒。」將石板書塞進矮人手裡，蘿西芙希瞇起冰冷的眼睛，「貪婪的矮人，記住了嗎。」

矮人抱著石板書，看著鬼族露出了恐懼的神色，似乎也發現站在他面前的是另外一種意義上更恐怖的黑色種族。

蘿西芙希收起手上的殘頁，轉向身邊高大的黑影，「抱歉，你好不容易找回的同族遺留的記錄……」

大身影搖搖頭，表示不用在意。

接著，就像出現時那麼突兀，兩人的身影就消失了，好像剛才的一切只是幻覺，從來沒出現過一樣，只有矮人手上的石板書及床上空白的羊皮卷顯示著發生過的事情都是眞實的。

然而，這艘船最後還是沉了，在大量海怪襲擊下損失了一些船員。

之後矮人不斷轉移自己，但也發現始終有某種黑色力量追蹤著他，好像有什麼正在追著那本書，卻又忌憚上頭的封印，夜晚時，幾乎可以看見鬼族藏躲在深處對他露出獠牙。

不過這本書非常奇怪，雖然封印著那種恐怖的東西，卻沒有透出一點邪氣，經過了幾個妖精部族都沒人察覺出異樣，也沒有人能夠幫助他。

「不……不能去公會總部……」

被折磨了一段時間下來，已經有點失去理智的矮人恍恍惚惚喃喃著這句話，再次搭上北陸妖精的船，然而船隻碰上海怪幾乎全毀，妖精們死傷非常慘重，海上組織來救援時所剩的活口已經不多。

當他們將矮人從海中拉起來並找到石板書時，矮人猛地一個機靈，突然想到個辦法，那個想法也好像是老天給他的，就像以前突然冒出的想法一樣，他都稱之爲預言。一直以來，他的預言其實很多都是這樣出現的，總是有奇怪的聲音突然告訴他會發生什麼事情，少部分則是從別的事物占卜而來，不過那種比較不準。

他就這樣把石板書留給海上組織據點，也就是後來我們造訪的那個，並且留下了那則奇怪的交代與預言。

離開海上組織據點時，矮人其實是非常興奮的，他覺得自己已經擺脫了書裡的惡靈，這段日子以來的痛苦好像瞬間都放下了，跟蹤自己的黑暗完全消失不見，好像改盯上那個據點。矮人哈哈一笑，說著反正那種大組織一定有辦法之類的話，他心安理得地踏上另一艘船，準備離這恐怖的地方越遠越好。

數日之後，死亡氣息降臨。

船員們一直到倒下都還不知道發生什麼事情。

同樣將死的矮人恐懼地看著從自己身上浮現的黑影，自己的生命力正在被死亡侵蝕一點一滴地吞噬。

去獵殺未來種子及守護者……

黑暗的奴僕，你將成爲最凶惡的鬼靈……

一切記憶戛然而止。

我們也重新回到了神廟的祈願間內。

說實話，矮人這種行爲其實非常不厚道，他心安理得地認爲擺脫了恐怖，卻把這種東西和不靠譜的預言放在海上組織據點，並沒有告知他們危險性，如果這十多年之間發生了點什麼，落日他們幾乎是必死無疑。

當初落日甚至還微笑地告訴我們矮人應該沒什麼問題，否則精靈和妖精不會讓他踏上船隻之類的話語，現在想起來簡直可笑。

有些人，就是對於自己做了壞事也不感到羞愧，一切都推託到別人能夠完全處理、不會有事的虛幻之詞，反而讓那些純粹檢視心靈的種族沒感到異樣。

再次看向矮人的怨靈，我心裡已經不再覺得他可憐了。

只是我不懂，爲什麼明明蘿西芙希都說得很清楚要他去公會總部，他反而不去？而是找死地把書丟在別處。

「應該是被侵蝕附體的邪惡暗示了不能去。」學長冷哼了聲，「那東西潛伏太深，翡竹森林的妖精與精靈混合部族本身實力不高，也沒讓他們察覺。」

「冰牙族會派人過去協助改善。」知道自己的精靈同族與死亡擦肩而過，泰那羅恩的眼神也更冷了。

「你爲什麼要去精靈之地？」說起精靈，我更奇怪的是矮人的目的地。

「因爲……」

矮人惡靈幽幽地轉過頭，看向我的眼睛竟然在這瞬間凶光高漲，整個矮人突然膨脹扭曲了起來，怨毒的話語混入了淒厲的號叫——

「要殺光你們啊！」

第十話　絕對扼殺

惡靈的扭曲異常快速，幾乎眨眼就已完成，巨大的手掌直接往我拍過來，我抱著阿法帝斯瞇起眼，老頭公的守護加強時，鬼族的手先打上的是精靈的結界，冷色的流光與圖騰就像剛剛擋下怪東西時一樣，頂住鬼族的襲擊，還把鬼族撞開好一段距離。

幾乎就在同時，握住長槍的學長出現在已經抽高到將近三百公分的巨型鬼族面前，火焰色的長槍直接釘進血色的右眼當中，悍力貫穿鬼族的腦袋，槍頭直接從腫大的後腦穿出，蠻橫的力量把鬼族整個撞往後飛，轟然釘在石壁上。

……你老大不是剛回來還在調整身體嗎，居然就動手了。

我看著學長，表示無言。

「動手也是一種調整。」曈狼幽幽地給我一句。

好吧，你們炎狼應該真的是這樣。

泰那羅恩瞬間出現在鬼族面前，四周張開好幾個幾乎透明的法陣花紋，緩緩地在他們身邊旋轉，原先的扭曲氣息已經被鎮壓，空氣中敲響了那種我聽過好幾次、已經開始有點熟悉的水晶聲響，我同時知道了大王子想要做什麼。

鬼族剩下的單顆血色眼睛慢慢退去一些殺戮惡氣，有點迷糊地看向眼前發出微光的精靈，「殺光……種子、守護者……一個不留……」

「吞骸邪神，出來。」淡淡的聲音從精靈口中吐出，隨即鬼族一震，渾身不斷抖動，一絲濃稠黑氣從他鼻子嘴巴竄出來，慢慢形成另一種人形，散發不同於鬼族的陰沉黑色氣息，縱使空間有狼王與大王子布下的結界剋制邪惡，仍可以感覺到那種與書本中封印相同的深沉惡意。

黑色的形體沒有五官，不過很快便從臉的正中間豎著打開一條血紅色裂縫，接著四面八方響起詭異的聲音，就和矮人記憶中那種有男有女、有老有少的聲音一樣。實際聽起來，更讓人感到全身不舒服外加反胃。「……好久不見啊，你們這些礙路的東西。」

「又是你這傢伙，本王就覺得這力量有點熟。」狼王冷笑了聲。「手下敗將的髒東西。」

血色裂縫並沒有搭理狼王，只正對著泰那羅恩，且裂得更大了些，從裡面出現彈珠般大小的黑色幽光，「本君的種子果然找上你們，太好了，就用你的血來爲本君的降臨開路。」

「你可以看看你的種子現在落在什麼地方。」

瞳狼幽幽地開了口。這次，黑影總算注意到不對勁，停頓了三秒之後，那些男女老少的聲音發出憤怒的狂吼——

「卑賤的蠢蛋！你進六界外意識幹什麼！」怒罵是針對被附身的矮人鬼族，被轟罵的鬼族一個抽搐，好像很痛苦地四肢開始外折，骨頭斷裂的聲音劈里啪啦傳來，那些手腳一圈一圈地扭轉，接著從裡頭長出許多像是觸鬚一樣的怪異肢體，每個上面都有吸盤，彷彿某種生物的觸腳。

不過這種變化對鬼族而言顯然很不好受，我感覺到極深的痛苦和畏懼，鬼族原本不強的力量在這種極端苦痛中逐漸有了增長。

泰那羅恩仍是面色不改的模樣，只是輕輕地看了眼狼王，開口：「這是我到訪並借用燄之谷的正事。」

「你早說是要把這東西拖出來，本王就不調侃你了，難怪精靈王那老小子讓你自己過來，這玩意還眞得在這裡掏。」說完狼王臉色一凜，腳下陣法突然光芒大亮，接著他猛地一伸手，竟然抓住旁邊夏碎學長的手腕，「來吧，這邊的也滾出來。」

夏碎學長勾了下唇角，視線放在他手指上那枚黑色詛咒印記，印記已經像是水蒸氣一樣浮了出來，咻的一聲飄浮到書本上方。石板書開始急速震動，原本全黑的頁面再次出現那個巨大的黑手掌。

手掌竄出瞬間，整本書爆裂開來，剩下的頁面中甩出另外幾張相同的黑色圖案，原本被撕碎的黑色形體快速重組，慢慢地，巨大的黑影在我們面前站起來。不過重組後的黑色形體非常奇怪，胸口到腹部的位置是中空的，好像被人挖掉一般，形體試圖重組幾次依然空洞。

我突然意識到，那些很可能就是被蘿西芙希帶走的部分。

黑色人形大概也想到這件事情，發出憤怒的咆哮，「該死的殊那律恩！竟然與我邪神眾作對！本君一定要撕碎你！」

「不過就是一個意念體被掏一半走有什麼好咆的，破壞吾家的清靜，信不信吾家直接破了你邪神本體。」瞳狼微微瞇起眼睛，雖然看似懶洋洋的，但紫金色眸子透出絕對的寒冷殺氣。

邪神黑影看起來好像真的對狼神有點忌憚，連周圍那些聲音都收掉不少。不過估計他察覺到自己不能這樣認慫，立刻又重整旗鼓，邪惡力量瞬間再次暴漲，血色大口張開，露出了裡頭黑色的牙齒，「本君……啊啊啊啊啊啊——」

話還沒說完，一隻白皙手掌抓住邪神黑影的腦袋，竟然一個使勁就把人家的腦袋狠狠擰了下來，壓根沒預料到會有這種待遇，和不讓人講完話的暴行，邪神黑影只來得及發出連我都覺得很痛的慘叫聲。

始作俑者飄浮在巨大形體後面，還是那種雲淡風輕的樣子，清冷的眼裡還是那種看小石頭的情緒，不過開口的話讓我也不自覺抖了一下。「你說，要撕碎誰？」

拎著一顆黑色腦袋的泰那羅恩口氣彷彿在問別人今天天氣好不好，完全沒有起伏。

我吞了吞口水，下意識往後退了兩步。

「你、你你你你……啊啊啊啊啊——」

好的，這位大王子現在又把人家的腦袋撕對半了。

我深深覺得這畫面好像不是我這種未成年人該看的，雖然是黑暗組成的形體，但是把人家腦袋撕來撕去，視覺上還是很衝擊的啊！

「欸，不是說正事嗎。」狼王咳了兩聲，臉上表情正經地說道。

「嗯。」大王子點點頭，動作優雅、很有禮貌地把手上兩半腦袋放回邪神形體脖子上。

腦袋一放回去，立刻和身體快速連結起來，又變回剛剛的樣子，不過邪神形體馬上往後衝開，與大王子保持不小的距離，「竟然敢這樣對本君！這個仇本君記下了！泰那羅恩——！」

「本王說你這傢伙，快把正事講一講，不要放狠話了，本王家的小孩現在才扯你一個腦袋，千年前他把你全身都扯光了都沒怕你報復，扯你一個意念體在鬼哭神號什麼。」狼王一個跺腳，猛然暴起的火焰馬上就把邪神形體搧到牆上，和鬼族並排。

我現在可以完全確定他們一定是認識的，光看這種講話方式，這個什麼邪神的絕對和狼王、大王子有過磨擦……抱歉，我想不是磨擦，剛剛的話聽起來，大王子明顯把人五馬分屍過啊！難道這個邪神很弱嗎？

「炎天——」

邪神形體還沒怒吼完，大王子一個閃身又出現在他面前，這次很明顯，邪惡的形體竟然狠狠縮了下腦袋，好像眞怕又被扭掉，沒吼完的話硬生生被他吞回去，黑煙從他喉嚨嗆了出來。

「與黑暗同盟合作了嗎。」泰那羅恩看著狠狠瞪著他的邪神形體，淡淡開口：「嗯……黑術師解除了當時部分封印，釋放其手與腳、一半修爲意識，兩千條靈魂滋養令你復甦，將協助黑色同盟解開兩條幽冥走道並供其使用。」

大王子並不是在和形體本身溝通，竟然就是看著對方唸出那段話，我突然覺得……這該不會又是個竊聽吧？竟然在竊聽一個邪神的意念體？

「沒錯！」邪神形體陰冷地笑，「條件就是讓本君虐殺當初阻礙本君的精靈軍，包括你在內！」

「明白了。」對於威脅話語完全沒反應的泰那羅恩抬起手，按在邪神形體額頭上，白霧快速布滿形體，自額頭往外擴張，急速向下呑食手腳軀體。

「本君一定會找上你們，摧毀一切種子，殺光所有守護者，特別是你！本君抓住你的那天，絕對讓你生不如死！一根根折斷你的手腳，把你塞進淬毒的荊棘籠子！在你面前殺光所有精靈！用黑暗和痛苦把他們全都打成鬼族！最後撕爛你這張漂亮的臉，讓你變成最醜惡的存在！」

「等你來。」

大王子靜靜地回應對方的惡語，收回手同時，邪神形體猛地一震，瞬間崩潰成冰粉，帶著黑暗力量完全消失。

我現在眞的很懷疑邪神是不是眞的很弱了，竟然一個意念體就這樣被秒殺。

啪嗒一下，有人搭住我的肩膀，轉頭一看，是瞳狼，他的表情居然有點幸災樂禍，然後他開口。

「不是他弱，是我們太強。」

「……」

「這能給我嗎？」

處理了邪神形體後，大王子淡淡地看著還被釘在牆上的鬼族。

當然沒人阻攔他，就看著精靈王子逕自走向已經失去反抗力的鬼族，那種水晶一樣的聲音再次迴盪在房間，大約十多秒過去，鬼族突然快速縮小，最後變成一小團黑色的球，就這樣被泰那羅恩收走。

看起來，好像這次的事件就到這裡被解決完畢，連夏碎學長身上殘存的詛咒都沒了。

我看了看平靜的大王子，又看了看正在壞笑的狼王，上方的白色陣法與下方的紅色陣法逐漸緩緩消散。

「那個邪神是老對頭了。」狼王倒是很豪爽地開口解釋我的疑問，「與本王一樣，冰牙族本身也有在和另外一種層次的存在抗衡，其中一種就是邪神族，妖靈界和獄界都有，是支墮神血脈，沒事就想把空間走道插進我們這世界觀光，偶爾會偷偷摸摸潛進來。剛那玩意被我毀之谷打跑過一次，溜得很快，聽說後來去了冰牙族那邊的領域，被泰那羅恩給分屍封印了……欸，你當年怎麼不直接毀滅那傢伙就好？常常聽詛咒好玩嗎。」

「殺不死。」泰那羅恩淡然地回答。

「就該動用月凝湖，絕對殺得死。」狼王嘖了聲。

大王子那雙漂亮的眼睛無言地看著狼王，冷光緩緩流轉，好像多了一絲什麼。

「啊，抱歉抱歉，本王的錯。」好像突然想到什麼，狼王立刻改口。

他這反應讓我仔細想了一下剛才的對話，赫然想到，千年前不就是「那件事情」發生的時候嗎……

狼王擺擺手，好像要把剛剛的失言抹去一樣。「總之，本王那時聽探子的回報，那傢伙被泰那羅恩分別封印了，不過邪神這東西，詛咒和分離意念體都很強，被分屍之前八成也做了很多手段，看來是其中一個意念體被某人封住，又被矮人給打開，才會出現這些事情。你們遇到繞路走就行了，會有人去對付那玩意。話說回來，呑骸那傢伙是不是對你有意思啊，說那麼多廢話，把你後半段人生都規劃了，好歹本王當初也打跑他，竟然沒有本王的一份。」

這次大王子直接無視狼王，收掉陣法後接過我手上的阿法帝斯，直接走開了。

不知道爲什麼，我怎麼覺得大王子特別喜歡阿法帝斯的原形，還是他喜歡摸起來毛茸茸的觸感？

確實，阿法帝斯的本體摸起來還滿不錯的，那個毛毛的手感眞棒，讓人很想一直摸……

「來來，雜事辦完，繼續剛剛的事吧。」收起陣法的狼王再次打開腳下的法陣圖騰，這次與剛才的圖案都不一樣，雖然看起來也很華麗，不過透出的是一種難以形容的生機氣息，感覺異常有活力，有種全身瞬間變強壯的感覺，讓我整個雞皮疙瘩都冒出來。「你們幾個的損傷雖然在精靈那邊修了，不過身體強度還是不太行啊，還用什麼幻武兵器，小孩子才用幻武兵器，你們就該去弄冥……」

「外公。」學長心平氣和地喊了聲。

「噯，怎麼了小乖乖？」狼王一秒孫奴貌。

「我們是小孩子。」學長說了一句我覺得聽起來好像可以讓人笑出來、但是實際上會讓人笑不出來的話。

你也知道你還是小孩子嗎……雖然我覺得學長沒當自己是小孩過，只是單純想要槓一下狼王。

「小乖乖永遠是本王的小乖乖，沒事，以後外公會幫你弄更威武的武器！」說著，狼王又很寵溺地往學長頭上搓搓，「不過幫你們提升一下身體素質還是有必要的，特別是那個藥師寺的小子，要跟著你還差得遠了，還有妖師的小子，勉為其難也幫你個，以免燄之谷那些孩子們不小心路過就把你揍死了。」

……

提升我是怕我被揍死嗎？

突然想起之前被阿法帝斯揍的畫面，我覺得……我還是乖乖接受被提升好了，完全用得到啊！

狼王所謂的提升很簡單，就是叫我們三個原地三角面對面坐下，然後就沒我們的事了，只要閉上眼睛坐好，隨便要想什麼都可以，還可以複習學校功課之類的。

既然他這樣說，我也只能配合地乖乖閉上眼睛。

下一秒，我突然感覺全身一熱，四周溫度猛然拔升，而且有種奇異的空間扭曲感傳來。因爲狼王有交代絕對不可以睜眼，我連忙閉緊眼睛，差點就反射性睜開了，幸好高熱並沒強烈到讓人一時半刻內難以忍受的地步，比較像是八月超熱的中午在外面曬太陽的感覺。這種熱度漸漸鑽進身體裡，除了熱，還有癢。

慢慢地，我似乎聽見空氣中傳來竊竊私語。

低低的細語聲我有些熟悉，和之前讓我很浮躁的那些奇異聲音非常相像，不過這次的清楚了很多，有些像古代大陣那時聽見的，彷彿又重新連繫似的，聲音越來越大，甚至已經讓我聽清了。

繼承人……

否……

直系……

汝，將成妖師繼承人否？

我愣了一下。

不，不是，繼承人不是我。

反射性就這樣對著那個聲音說過去。狼王所謂的篡位其實也就是開玩笑的，不管有什麼繼承還是血脈力量，我都絕對不可能傷害到然，更不可能對其他人不利。

繼承人白陵然否？

猛地，我突然察覺不對。

我不應該回話的！

顧不得剛才狼王的交代，我立刻睜開眼睛，米納斯和老頭公同時順應我的想法直接脫出，水氣碰撞周圍的高溫，霎時炸出大量蒸氣。來不及管這些，我抓住幻武兵器，朝那道聲音的方向一槍開出去，用的是米納斯最黏的膠彈，打上某種東西時，胸口也頓時一個劇痛，然後我就噴血了。

除了吐血以外我還感覺鼻子又熱又痛，抹了一把，一樣全都是血。

「臭小子不要命了嗎！」狼王的罵聲隨即傳來。

我往前撲了一下，差點摔在不知道什麼時候已經燃燒成一片火海的地面，幸好米納斯速度很快地扶了我一把，水氣托著我的身體，才沒讓我又往後一屁股坐倒。

這時狼王也沒繼續罵，他已經看見被膠彈黏到牆壁上的「東西」，狼神的身影也瞬閃到那團黏膠前，然後皺起眉。

看清黏膠裡的物體時，我也知道爲什麼狼王和狼神瞬間會靜默——黏膠裡是一隻黑色大蜘蛛，軀體幾乎有半個正常成年人那麼大，綠色的眼睛已全都翻起，帶著憤怒的情緒正在凝視狼神，好像有點不把眼前的狼族神祇分體放在眼中。

這種蜘蛛的出現，也讓我們知道接下來會出現什麼。

身體被火焰法術反彈的痛陸續傳來，我又吐了一口血，覺得如果不是米納斯一直攙著我，我可能現在已經翻白眼昏過去了。

正想到這可能性時，我面前猛然光影一閃，兵器的碰撞聲直接擦出一條筆直火花。

泰那羅恩的身影秒擋到我面前，那柄很不容易看到的長刀揮出，冰冷的寒光擋下另外一柄巨大的紅色刀鋒，紅色的刀來勢洶洶，強悍的碰撞力量颳起狂風，把底下的火焰壓平了不少，風力還掀起了精靈的白色衣袍。

「走開！」斥罵聲從泰那羅恩前方傳來，站在那邊的是一名有精靈兩倍高大的中年漢子，半張臉都是灰白色鬍碴，綠色的眼睛森冷地盯著擋住他的精靈。「退下，冰牙族的王子！」

我冷汗立刻流下來，泰那羅恩沒有擋住這刀的話，我會從頭頂直接被劈到腳底，一個人分成兩半。

就在我腦袋因爲劇變而瞬間空白之際，身邊再次傳來兵器碰撞聲，甚至還可以看見黑色鞭子將一隻籃球大的青眼蜘蛛給甩出去。

劈在學長長槍上的同樣也是紅色的刀，不過比前面那個的大刀小了些，握著刀柄的是名全身包緊、穿戴面罩，勉強可以看出是名女人的襲擊者。

「時間種族在吾家的地盤動手嗎？」瞳狼的聲音明顯抹上一層怒氣。

「連本王都不放在眼裡嗎？信不信本王在這裡烤了你們這群混帳！」狼王身形頓時高大了起來，四周火焰轟的聲全都衝上天花板，不善的燃燒烈響中傳來洶洶的嗜殺戰意，大有要把入侵者秒殺的抓狂氣勢。

到這份上，兩名重柳族的人也不得不開口：「請諸位讓開，我們目標只有妖師一族。」

「炎天，還一個。」並沒有搭理入侵者的話語，瞳狼冷哼。下一秒，狼王的火焰直接從角落搧出第三名重柳族，一樣全身包緊緊，不過看體型應該是名男子，隨後他的蜘蛛也被打出來，同樣是籃球大小的青眼蜘蛛。

我看學長和夏碎學長臉色也不是很好，都有點蒼白了，雖然不像我連血都噴出來，可是強行中斷狼王的術法也對他們造成一定傷害，難怪狼王整個火氣爆發。

「學長，他們讀到然的名字。」其實我現在真的有點慌，剛剛那些對話似乎在誘導我，他們肯定在意識中找到了些什麼。

學長看了我一眼，手腕一翻，直接將女人震出去，長槍旋繞了圈，橫擋在我們面前。

泰那羅恩同樣也將中年人震開一段距離，長刀並沒有入鞘，而是刀尖點地，大王子凝神看著對方。「不退。」

非常平靜的兩個字。

⁂

作夢也沒想到重柳族的獵殺竟然會在這種時候出現。

我愣愣看著已重新整勢，站在不同點的三名重柳族，他們身上全都散發出恐怖的殺氣，竟然還排開了腳下火焰，除了被我黏在牆上的蜘蛛以外，另外兩隻已重回主人腳下，而且身體暴脹，短短幾秒已長成綿羊般的大小。

白色陣法在我們腳下張開，緩緩地轉動，我本來疼痛的身體突然好了許多，至少鼻血停了，可以感覺到暖暖的力量包住身體，正在幫忙治療那些反彈造成的痛楚與傷害。

「燄之谷、冰牙族，與時間作對否。」中年人語氣非常沉，帶著強烈又純粹的殺意。

狼王轉動著手臂，身體骨骼發出各種讓人聽起來很痛的劈啪聲。「本王最煩這種問話，能打架就不用講道理，能用拳頭就不當斯文人……不對，我炎狼沒有斯文人哈哈哈哈，打起來打起來！」

根本一個不鬧事不能安心好睡的種族。

不過這問話似乎讓泰那羅恩思考了下，沉默了將近三秒，大王子才幽幽回應：「冰牙族打得贏。」

……

……？

我怎麼覺得大王子的回答沒有比較好，他這種回話感覺分明就是要直接幹掉人家啊！難道您剛剛的沉默是在評估重柳族與冰牙族集體實戰能力嗎？

「你們──！」顯然被這種回話氣得不輕，中年人猛然出現在我面前，一刀就要砍下，然而大王子動作並不比他慢，一個旋身靈巧地翻動長刀，冷白色的光在空中劃出半弧，動作輕鬆地瓦解了紅刀的悍力，還順勢一掌按到中年人胸口上，將他擊退好幾步。

另外一邊狼王已經空手抓住男子下劈的紅刀，很不給面子地一巴掌搧飛對方，就那麼一巴掌，直接把重柳族搧到遙遠的對面牆上，砰的聲砸出人形。

學長和夏碎學長實力沒有大王子和狼王那麼凶猛，不過兩人本就是黑加紫袍搭檔，默契十足，攔下了女子的紅刀後，一鞭子將她逼退幾步。

我發現膠彈對那些蜘蛛真的有用，牆上的那隻到現在還沒掙脫出來，馬上倚靠米納斯的扶助，對著另外兩隻要撲上來的蜘蛛各開一槍，不怕牠們閃開，米納斯完全可以追蹤獵物，最近我變強了，她也跟著更準了。

啪啪兩聲，兩隻蜘蛛黏到了牆壁上。

「炎天，別讓他們將消息傳出。」什麼事也沒幹的瞳狼悠悠哉哉地丟來一句。

狼王笑了聲，空間一震，又出現那種空間扭曲的感覺。

「鎮邪狼王！你敢違逆時間法則！」中年人這次真的怒吼了。

「有本事，叫眞正的時族族長來，本王只服那傢伙。」狼王完全不將中年人的怒火放在眼裡，一股威壓瞬間壓下，不過對象不是我們，而是那三名重柳族。雖然沒有被壓，但是光是他們三人身形全都一矮、差點跪下去，我就知道狼王的威嚴有多恐怖，竟然連三個重柳族都快被壓垮了，要知道重柳族一個個都是人間凶器。「你們這種小輩，敢在燄之谷放肆！侵入燄之谷禁地之罪，已經做好靈魂焚燒的覺悟了嗎。」

狼王這時候的話語和氣勢像是天要壓下來一樣，旁觀的我聽起來都覺得全身發抖，有股異常的沉重恐怖感，下意識就想跪下來對著眼前的王者叩頭。

不過重柳族畢竟還是重柳族，雖然被這種嚴厲的重話壓得眞跪了下去，但是三人全都挺直了腰和背，狠狠瞪著狼王，完全不打算屈服。

「燄之谷、冰牙族，你們可知妖師是必定要扼殺的目標。」中年人費了好大一番工夫才勉強開口，「遠古種族，應配合誅殺。」

「本王該如何行事，輪不到小輩指揮！」狼王一聲斥喝，壓得中年人又矮了半分，整個人差點垮下趴地。

「同上。」泰那羅恩講話更簡潔了，看起來完全不想講很長的話。

「還有，你們這些渾小子早不出手晚不出手，剛剛有鬼王你們不打，現在挑本王要給本王孫子增強體質才來鬧事，你們是存心找抽嗎！」狼王一個跺腳，空間又狠震了下，火焰燃燒得更加凶猛，現在那三人已經開始冒汗，連原本保護自己的種種術法都沒能擋住狼王憤怒引起的針對性高溫。

「時間要抹煞妖師……」

「什麼妖師！哪來的妖師！本王身邊的是本王的乖乖孫子，乖孫子的搭檔，也算是本王的孫子，乖孫子帶回來的朋友，也是本王的孫子；本王給三個孫子增強體質干你們屁事。本王爲炎狼鎭邪狼王，世界一切邪惡都必被炎狼之火吞噬，不容侵犯。」義正詞嚴胡說八道的狼王高高在上地俯視三名重柳族，彷彿眞的是正義的化身，出口的每個字都帶著強烈的正氣，即使內容根本和正氣扯不上邊。「所以，本王判斷你們必須追擊方才撤逃的鬼族，本王將送你們一程進入鬼門，過於感動的話語和謝意就免了，待會兒你們清醒就會在獄界，不用太感動了。」

「你——」

中年人只來得及說了一個「你」字，接下來三人身體一歪，竟然全都昏倒在地，連三隻蜘蛛也全體失去意識。

我看得一整個瞠目結舌，不知道該做啥反應了。

現在腦子裡只迴盪剛剛狼神的話。

是我們太強……

是我們太強強強強強強強強強強強強強強強強……

就在我眼神死的同時，周圍烈火已經消退，狼王正在支使一臉苦笑的夏碎學長把三名重柳族拉過來排排躺好，連蜘蛛都被他們摳下來放到一邊。

「給他們改什麼記憶好？」狼王早收回威壓，用不懷好意的表情盯著地上的重柳族看。

「不是抹去記憶嗎？」我愣愣地開口。

狼王用一種我很不上道的表情白我一眼，「入侵燄之谷禁地能讓他們這麼簡單算了嗎。」

呃不，您要把他們丟進獄界啊，在那裡光是他們的身分很可能不死也會脫層皮不是嗎。

「剛剛他們差點就死了，炎天替他們擋災，丟進獄界教訓教訓算是小意思。」瞳狼看了我一眼，「妖師詛咒。」

被他這麼一提醒，我赫然想起來然在我身上放的死咒。的確，如果在這裡讓三個重柳族死於妖師詛咒，很可能會有更大的麻煩。

但是這樣不會傷到狼王嗎？

瞳狼沒有開口，我也得不到解答。

「有了！」狼王突然一個擊掌，然後拉著泰那羅恩，「來來，你把那個比較老的記憶改成闖進餒之谷女孩們的溫泉室，引起眾怒；男的那個改成闖進阿花花的房間看到她在更衣……喔，阿花花就那個……記得嗎，餒之谷一支前鋒隊的隊長，她最喜歡變化成人類醜女胖子噁心對手，還是那種肉圈十幾層的胖子，而且變得越醜她越開心。天氣比較熱的時候她還會故意讓那些肉看起來油亮油亮、搖晃搖晃，每次都讓對手吐得跟啥一樣。有一次她還故意在鎧甲下穿人類的比基尼，還小一號兼畫濃妝，大軍壓來時那個鎧甲一脫往後拋的效果……」

「我記得。」大王子淡淡地打斷狼王的形容。

「然後那個女的，你就把她記憶抹掉讓她作夢夢到自己變成阿花花的樣子吧，記得要油亮油亮，嚬位和肉感都要加進去讓她清楚記住，要眞實得好像她本來就是這樣子。」狼王最後這個決定讓我覺得超可怕，對於女性來說，雖然只是作夢。

大王子優雅地蹲下身，手指在靠他最近的女人額頭上張開，這時他停頓了下，漂亮的面孔再次轉向狼王，詢問：「夏日的阿花花戰士嗎？」

狼王邪惡的笑容更深了，「對，夏天的阿花花。」

……

大王子究竟看過什麼東西？

還有你們眞的是高貴的白色種族嗎，那瞬間我看見你們兩位惡魔尾巴都露出來了啊！你們這熟練的舉動彷彿都不是第一次這麼幹啊喂！

「你對花花姊姊很有興趣嗎。」學長拍上我的肩膀。

「不！我完全沒興趣！」光聽那個油亮油亮，我就很害怕啊！

然後學長，淡淡地勾起唇。

就這樣很單純地笑了。

《特殊傳說II恆遠之晝篇・卷七》完

番外．其七、鎮邪

火焰軍旗在燃燒著屍體的黑炎中飄揚。

踏足在不斷有鬼族屍體崩毀的餘灰當中，長刀早已被血液染黑，刀尖一層一層挑開部分還保有類似人形的疊灰，只輕輕一撥，不過上午才與他們正面衝擊的黑色種族的遺骸瞬間潰散，加入了滿地厚灰的行列當中。

水族的分支很快就會趕來收拾戰場髒污，這片土地被清洗之後，經過歲月流轉，應該又能恢復原本的生機，再次將綠彩與生物帶回大地上。

「隊長。」

回過頭，他順勢取下被黑血染得看不出原本色彩的頭盔，火焰般的長髮落下，像能燒灼旁人般地散落棲伏在雙肩上，妖豔的色澤讓附近的戰士們不禁多看了兩眼。「如何？」

走過來的高大中年人搥搥胸口，震出重甲幾個聲響作爲對上位者的行禮。「所有鬼族皆已肅清，被您斬殺的鬼王及其手下黨羽確認無存。」中年人有些欽佩的目光從面甲後透出，與戰場上其他同袍一樣。

戰場上，每個人口中喊的是隊長，然而所有人都知道，眼前的青年雖然稚嫩了些，卻有著燄之谷炎狼一族第一王子這麼尊貴的身分。

東方大陸爆發大型戰爭之後，這位王子與第一公主分別集結戰士隊隨同狼王投入戰場。炎狼一族善戰，特別是團戰，在整個獸王族中是數一數二的剽悍存在；所以在世界動盪之始，燄之谷於第一時間踏上前線戰場，如同他們的先祖前輩。

「金鈴那邊戰況如何？」炎天收回長刀，隨手夾著頭盔，跟著親衛踏出混亂的中心戰區。一路上不斷有人向他們行禮問好，敲擊盔甲的聲音沿途傳來，掃去不少血腥邪惡的戰場氣氛，帶來蕩除邪祟的傲然正氣。

炎天帶領的隊伍自燄之谷出發後第六天，撞上了一隻作亂鬼王與其手下，鬼王並不是獄界排名的大鬼王，只是地區性的小鬼王；然而連這種東西都受到召喚穿過鬼門來到這世界想要嚐點甜頭，可見近期情勢多麼混亂。與此同時，他也接到狼王、第一公主前往的路線同樣碰上對手的情報，不知道現在戰況如何。

「金鈴公主那邊已順利到達被黑色種族佔領的薄露城，但那邊早先傳來的狀況並不好，暴起的黑色種族佔領薄露城多日，城中死傷極其慘重，就連不具戰力的老弱婦孺皆被殺害，可能已經沒有多少活口了。」親衛嘆了口氣，一腳踢開倒在灰燼裡的黑色種族屍體，掀起一陣烏煙瘴氣。與鬼族不同，有些黑色種族死後並不會化灰，他們還有靈魂，會進入安息之地，又或者會被時間與冥府所審判。即使在這片自由土地上彼此廝殺，抑或做盡惡事，擁有魂魄的種族最終仍是殊途同歸，也不知該說公不公平了。

兩人說著話時，又一名出去打探接應消息的下屬快速走近。「隊長！金鈴公主那邊傳來捷報，薄露城的黑色種族已經全面打退，炎狼軍團與協助聯合軍正在肅清剩下的黑色種族……但是……」

「金鈴又開始屠殺相關種族了是吧。」炎天有些無奈地嘆口氣。

他這個妹妹，雖然驍勇善戰，每出兵必取回大捷，早已得到許多戰士的擁戴與支持，但凡是她橫掃過的戰場卻無一活口，如同黑色種族與鬼族屠殺白色種族一樣，金鈴公主與麾下所領軍團確認進犯種族之後，會繼續追擊，強勢攻破對方部族，即使只有一點點關係的分系旁支，也會遭到極為凶戾的血洗，就連嬰孩也不會放過。

炎天不認為有必要株連，就算是黑色種族，也是自由世界中擁有一席之地、生命靈魂的活生生種族，與鬼族不同。

然而金鈴公主的理念是，一旦敵對就必須連根斬除，不死不休，而且非常多人支持公主的殺戮。

對於無辜的受害百姓而言，這也是他們能夠復仇宣洩的管道，所以金鈴公主的行動甚至得到眾多一般人推崇，不少人會主動將所知的黑色種族消息提供給金鈴公主軍團，就算沒有參與戰爭，帶著烈焰的公主屠刀照樣會落下。

炎天與金鈴因爲這事爭執過不少次，狼王也曾要第一公主心懷慈悲，收斂不必要的血腥手段，只是成效並不大，黑色種族就在金鈴公主的視線範圍中急速消失，甚至不少完全滅族，名字消失在歷史長流當中。

相較之下，只殺必要敵人的王子炎天就顯得軟弱不少，甚至經常限制手下不得騷擾沒有做惡的黑色種族。炎狼畢竟算是血性的好戰種族，所以許多不滿他這種不主動拔除黑色威脅舉動的戰士，加入之後很快便轉投公主麾下，以致於王子與公主各自的軍隊人數數量有著相當明顯的差距，且在作戰能力上有很大的差別。

炎天的戰士部隊人數不算多，不過有許多燄之谷的高層精銳與術師，結盟的外族也都以較爲光明良善的種族居多，如水族、術法系妖精族等等，甚至有時會看見精靈若隱若現的蹤跡……而金鈴的軍團則與他相反，不但人數龐大，結盟的外族也都是攻擊力非常強大的侵略性戰士爲主，每每公主軍團開始橫掃戰場，就註定一個活口也不會剩下，有時候連亡者魂靈都會被焚燒，不再擁有前往安息之地或接受審判的機會。

自然而然，雙方的戰士也越來越不對頭了，偶爾撞見還會爭執嘲諷個幾句，通常是公主軍先挑起，最後會結束在王子軍的忍讓。

雖然眼下看來，這樣殘暴的復仇式鎮壓非常深得人心，但炎天始終認爲，總有一天一定會出問題。

而那天，比他們預想的還要早到。

狼王下一任繼承者是誰，炎天根本不在乎，金鈴也好、自己也罷，或是橫空出世的狼得到這個位子都沒關係，只要那狼能帶領㺄之谷繼續走下去。

金鈴卻不這麼想，她渴望王位，非常執著要做新的女王，致使身在黑色戰場中都挺了過來的她，最終還是發動了內戰，大批狼族被捲入其中喪失性命，優秀的戰士遭其所害，直到狼神出手，才斬斷了這可笑的王位鬧劇。

公主墜落，王子即位，「鎮邪狼王」的名號逐漸傳唱於新的大小戰役上。然而，㺄之谷內戰的收尾卻持續了很長一段時間，那些公主黨的人遲遲不肯放手，逼得新任狼王不斷展現高強能力一路打扁各種挑戰者，才終於將公主方的反對聲音壓下去。

這段時間中，同樣晉升爲狼后的愛人爲他產下了可愛的女兒。

逐漸長大的小公主活力非常旺盛，且擁有善良的內心，常領著一小票狼孩子在燄之谷上上下下地亂竄，或是集體襲擊大人……諸如此類，很快就得到所有族人的喜愛，甚至不少原本對狼王不滿的公主舊部也逐漸軟化下來，對小公主相當和顏悅色，不時還會指點偷襲他們的狼孩子們。

燄之谷開始了新生命帶來的歡笑與熱鬧。

至少，在這動盪的戰亂年代，這些天眞是非常難得的，修復了許多人在戰場上帶回的創傷並驅除不必要的血腥意念。

小公主偶爾會偷溜去探視被關押的金鈴，不過炎天不知道兩人說了什麼，小公主總是不肯告訴第三人她們之間的談話，看著神神祕祕的女兒，他自然也不會刻意去監聽她們說了什麼，他相信小公主有自己的分寸。

當然，炎天本身也見過幾次金鈴，原本想要以時間清洗她的怨恨，並好好與對方溝通彼此在生命上不同的觀念，修正她越來越扭曲的想法，只是金鈴依然認爲黑色種族就該除惡務盡，連一點星火都不能留下，以免他們有可能捲土重來；而且對於內戰與被鎮壓囚禁，她仍舊懷抱極爲強烈的怨恨與執念。

「我才是女王。」

幽暗的深淵牢獄中，消失在眾人面前的第一公主聲音幽幽傳來，「我恨你們，竊位者，本王才是眞正的狼族之王。」

「妳心裡很清楚，雖然妳曾有過王位資格，但是妳自己丟失了。」看著無盡深淵，炎天在心中默默嘆了口氣，幾次下來也很明白短期內已經無法動搖血脈手足的內心，而且很可能未來要洗淨這份恨意都難了。在這狀況下，更不能將餤之谷交給對方，否則將成爲這個世界的惡瘤，曾經的第一公主，必定會因爲憎恨扭曲心智，甚至進一步血洗自由世界。

知道自己父親的想法，活力四射的小公主竟然就在某次會見金鈴公主時，做出了所有人都沒有想到的事情——拆解並封印金鈴公主所有力量，連狼神將她打入深淵時都沒做過的事情，小公主沒有知會過任何人就如此猛然出手。

「這是，爲了善良生命。」

微笑著，小公主當著眾人面前將封印置入自己體內，肩負起看管封印鑰匙看守人的任務，直到金鈴公主以不明方式聯繫上鬼族、打破深淵逃逸之後，都沒能取回完整的力量；隨後這位曾身爲戮殺黑暗的軍團指揮者，竟然扭曲爲鬼，踏入獄界成爲鬼王，並在另一名鬼王的協助之下，奪回部分自己的力量。

幸好小公主最後還是守住封印，比申惡鬼王一次次被餤之谷打退，帶來的鬼族大軍不斷被狼王扼殺，直到她耗盡手上兵力，完全退回獄界休養，世界暫時得到一小段時間的和平。

只是這份寧靜終究沒有維持太久，西方世界傳來妖師一族帶著鬼族傾巢而出，席捲世界。戰場的背後，六界也因妖師的出現而蠢蠢欲動起來，光是妖靈界的幽冥走道就不少撕裂了時空，直穿自由世界；埋藏在地心深處的恐怖威脅也一度近乎甦醒，不被人所知的黑暗從各處緩緩接近。

戰場不只一處。

炎天在危急時刻，帶領心腹手下與直屬於他的王族戰士團前往抵擋這些檯面下的邪惡，同時一肩扛起打退幽冥走道，不讓東方世界的普通百姓察覺更多異狀——光是鬼族入侵就已經讓這些安分守己的生命害怕得不得了，所以他們這些知情的高位者更必須制止最巨大的威脅，並將其隱藏起來，才不至於帶來更多絕望。

出乎意料，這時已經成年、也參與過大小戰役的小公主挺身而出，表態響應西方世界精靈提出的聯合軍，從後備糧草、資金到所有戰士都親自整備；她並沒有與狼王搶奪精銳戰士，而是帶領自己培養出來的戰士團，以及不用固守幽冥走道、自願聽從公主差遣的菁英戰士，與狼王刻意留下給她的座前武士，就這樣趕赴精靈與鬼族的戰場。

精靈聯合軍最後成功打敗了妖師與鬼族，重新收復那些被戰火與血吞噬的大地，慢慢收攏戰爭帶來的傷口。

在這一片舉世歡騰之中，只有狼王陰著一張臉。

應該說，這場戰打到一半時，炎天就因爲收到軍報和女兒的口信，一直維持著後院白菜被外來山豬拱了的憤怒情緒。

「成親？」狼王聲音直接拔高了八度音，「和精靈？」

因爲這條口信，他一個震驚，在封鎖幽冥走道時被砍了一刀，差點半殘。

「女兒也是長大了啊。」狼后表示欣慰。

「和精靈？」欣慰個屁啊！炎天整個咆哮。

雖然他對精靈的印象不是普遍狼族心中那種軟趴趴的小白臉刻板想法，他也知道精靈打起來既美又凶殘——畢竟狼王參加過的戰役不在少數，當然也有和精靈聯手的時候，精靈有多少能耐他是最清楚不過。

但是！女兒要嫁給精靈又是一回事！

「本王反對。」狼王氣憤地砍掉入侵者的腦袋。「嫁給精靈肯定沒好事！」

半天之後，小公主的親信傳回口條。

「反對無效。」

「……」

狼王開始思考，現在殺進冰牙族能不能砍掉未來女婿。

後來，炎天的不祥預感成眞了。

精靈族的三王子因爲黑暗污染，離開了精靈族。

狼族的抗黑暗能力其實比起精靈強悍許多，即使公主也因爲那場戰役有所傷害，但只要好好在燄之谷的火流河中療養，並吸收火流河的火焰之力進行靈魂洗浴，百年後她仍有很大機會能夠重返以往的光彩。

雖然是這麼想的，但炎天知道自己疼愛的小公主是不會回來了。

她的個性，身爲父親最清楚不過，就像他與狼后永遠廝守，小公主立即啓程尋找失去蹤影的三王子。

這期間，燄之谷來了訪客。

在整個燄之谷因爲公主的遭遇而憤慨激動時，炎天在安靜的書房內冷冷地看著站在自己面前、動作溫雅緩慢褪去斗篷的白色精靈。

對方孤身一人前來，沒有帶近衛，也沒有特別用什麼聖器保護己身，就這麼聯繫上狼王，被暗中接到他的面前，完全不怕被失去女兒的父親痛毆一頓。

「女兒還我。」炎天咬牙切齒地看著面前的精靈大王子。

「……請放心，他們所在的地方非常安全。」泰那羅恩語氣十分平淡，也沒什麼在乎的表情，幾乎都快讓狼王肯定這位王子根本不在意三王子和公主的去處，他對此感到火大，連爪子都快伸出來拍人。

身爲長輩，狼王還是按捺住衝出去把精靈王子痛扁一頓的衝動，語氣森冷地開口：「那地方在哪裡？本王難道連自己的女兒都見不得？」

精靈沉默了半晌，有些遲疑，這時狼王才發現他的情緒稍微有些變化，雖然很不明顯，但是力量波動是隱瞞不了他這種程度的王者——那是屬於很壓抑的那種痛苦，感覺這精靈就是發揮了精靈族最大的缺點：「克制自己」，而且還是超嚴重的自我封閉，把所有感情都藏在內心最深處，現在竟然像有了缺口般動搖了一些，可見精靈藏起來的悲痛有多少，幾乎都快超出他所能承受。

炎天沉默了下，心裡那點對大王子的不滿也煙消雲散了。

「他們前往『黑王』的領地。」大王子有些艱難地開口。

「黑王」是什麼，平常人可能不清楚，但是身爲世界領頭種族之一的狼王最明白不過，也同時知道了大王子為什麼會掩飾不住自己的感情。

獄界四大鬼王的來頭，狼王還是清楚的。

抬頭望著天花板，炎天嘆了口氣，隨後重新看向站在面前的精靈，「本王的小乖乖回不來了，你放在心口疼的小弟也回不來了。」三王子是什麼情況，他自然知道，他更知道的是小王子逝去之後，他最引以為傲的第一公主也同樣會跟隨其後，生命軌跡在這世界上永遠被擦去；畢竟小公主是絕對不會放棄自己所愛，放任他孤伶伶地獨身離開世界。

站在那邊的精靈纖細的身體震了下，好像被人打了一巴掌有些搖晃，雖然美麗的面孔依然白皙無漚，但炎天就是覺得對方在這瞬間掉了眼淚，即使根本看不出來。

捏了捏眉心，狼王再次壓住自己想殺出去咆哮的衝動，「你能過去嗎？」

泰那羅恩搖搖頭，「黑王對我……對整個冰牙族設下禁制，我們無法踏上他的領土，他擔心若精靈與獄界有所往來，會不利於白色世界，亞那的狀況是特例，『他』明白該怎麼做。」

炎天多少知道精靈沒有完全實說，不過那是人家兄弟間的事情就算了，精靈族也確實不能正大光明和獄界有往來，否則這把柄落入某些激進種族手上，恐怕會衍生更多不必要的戰端，這世界好不容易才進入了休戰期。

「你有要帶什麼話嗎？」

「嗯？」泰那羅恩愣了下。

炎天沒好氣地一拍桌子。

「你不能去，難道他攔得住本王嗎！」

※

「……胡鬧！」

知道狼王的決定後，被找上商量的狼神直接給這後輩以上兩個字。

「炎天，你知道你是在鎮守『那些事物』嗎。」狼神巨大的幻影微微瞇起眼睛，神廟禁地的空氣抹上一層又一層威嚴壓迫。

根本不在意對方砸過來的魄力，炎天秉持著你有我也有的態度，直接釋放出力量，一時之間，灼熱的空氣被兩人有點較勁意味的衝突震得不斷發出嗡鳴。如果現在有個外人在，說不定就會在這種碰撞中被雙方衝擊的餘波狠狠地撕成碎片。

不過畢竟狼神並不是完全形態，實力也被壓制在六界之外以免身爲神格影響世界，所以應付起這種恫嚇，狼王還是挺游刃有餘。「本王就是決定要走一趟，殊那律恩那孩子本王沒親眼見過，不放心，誰知道個性如何！」

而且如果有可能，他還是想要把自己的女兒和三王子架回來。

「別想。」狼神冷漠地看著狼王，再次否決，「吾家不會幫你開啓連結。」

「你當我自己不會開嗎。」炎天沒好氣地反嗆，「就算沒有準確座標，把進到獄界看到的東西都砍了，直接一路蕩平過去，本王還不信逼不出黑王的人來。」反正總有一天會砍到黑王的手下，怎麼砍都不吃虧。

「你以爲金鈴公主得知你出現在獄界之後，不會趁隙襲擊燄之谷嗎。」狼神眞想一爪子把面前的狼王拍進土裡。「火流河和你的連繫還不穩定，你想要隨心所欲離開燄之谷，就先把火流河安定下來！」

火流河爲世界脈絡之一，世界領首種族中有許多身負看顧世界大大小小脈絡的任務，以免這些生命長流被邪惡入侵。

燄之谷自然也守護了其中一條，便是火流河。其他種族如何保護各自的世界脈絡他們並不清楚，這算是機密，每族的處理方式各有不同，守護者與脈絡相連的程度也不太一樣。在燄之谷這邊，火流河選擇守護者的方式幾乎都是每代狼王，甚至狼神還活著時，也曾肩負過保護火流河的任務。

有時候炎天覺得，火流河其實就是懶吧，反正狼族最看重的就是實力，狼王更是幾乎整個狼族最強的存在，所以火流河乾脆都選擇狼王作爲守護者，無一例外。

金鈴當年的不甘也包含這層原因，擁有王位的人也會得到守護者的身分，與火流河進行連結後，可以從世界脈絡中獲得更多的力量；而身爲守護者還能在往後進一步獲取世界脈絡的輔助與支持，甚至在其他地方可短暫開啓脈絡……總之好處很多，但麻煩也不少就是。

炎天繼任狼王之位，接下了守護者的身分，與火流河進行溝通後能開放一小部分提供族人修練，但是火流河在一連串的世界變動中其實脈絡力量相當不穩固，並不能長時間開放給族人，大約每日只有正午前後的時間。

所以當前除了看管整個燄之谷，炎天還有必須穩定火流河的責任在，越早與火流河達成共識，並協助火流河安定力量，他便可以越早將火流河允許的力量與族人共享，這也是整族上下最期待的大事。

現在狼王要赴獄界去大屠殺，歸期不詳，狼神自然堅決駁回。

「爲了小乖乖，本王——」

炎天的慷慨發表還沒說完，直接被狼神忍無可忍地一爪子拍進土裡面，禁地空間因爲狼神釋出的力量狠狠動搖，震動傳到整個燄之谷，造成了一波小小地動。

「炎天！給吾家記住你的名前封號是什麼！」狼神的聲音充滿整個禁地，這次的壓力已經不是剛才和小輩摩擦的層次，而是徹底完全壓制了狼王的恐怖悍力，連神廟都發出快要崩毀的聲響，凶悍力量將狼王按得爬不起來，直接在地上砸出了一個大坑。「鎮邪狼王！當年落印時曾允許你帶著這天生正氣去獄界展開自私的殺戮嗎！」

曾經的王子與公主在出生時，燄之谷有神諭，並在確認天生所帶之力後，依照傳統爲他們各自添上了名前封號。

鎮邪，如火的正氣橫掃鎮壓一切邪魔，以光明爲刃，斬殺並吞噬令人絕望的存在。

焚顏，焚去世界所有邪惡的容顏，將笑容與希望重新帶回良善生命之臉。

金鈴公主在墮鬼之後，這個封號已經不能使用在王族稱呼上，就僅是名字的一部分了。

狼神怒斥過後，炎天也明白自己太衝動了，獄界並不是只有鬼族，同樣居住著黑色生物與黑色種族，如果自己闖入獄界血洗，就和闖入自由世界奪取生命與光明的鬼族沒有兩樣。

「可……」

「吾家明白你的心思，進來吧。」輕輕地搖搖頭，狼神幻影下方出現了纖細的小小身影，壓力驟然全消後，便扭頭進入神廟之中。

從坑裡面爬出，炎天沉默地跟著踏入。

然後，狼神在那裡開啓了與黑暗世界的聯繫。

看見與大王子相似的黑色面孔後，炎天內心說不激動是不可能的，他只要一想到心愛的女兒也正在受苦，就還是想衝去獄界殺神滅魔。只是現在他的一舉一動都被狼神監視著，如果有所動作，未來肯定連這點聯繫都會被狼神阻擋。

狼神與他的互動雖然比起歷代狼王多了些、親密不少，但狼神所有決定都會建立在燄之谷的利益上，不會讓他眞的拋開一切衝入獄界。眞的發生這種事，恐怕狼神會是第一個讓分體出來阻止，並把他囚禁在王位上的存在。

這也就表示，炎天是不可能前往獄界接回他們所念想的人。

如果是在戰場上，他還能一爪拍過去，但是現在他只有前所未有的無力，深深地不明白自己這一身力量究竟有何用。

投影另外一端的黑色少年以精靈的行禮方式對他一禮。

「他們會好嗎。」炎天並不想囉嗦，直接進入不囉嗦的環節。

少年想了想，「您看過就明白了。」

看過嗎？

炎天看著少年打開了一個畫面，他只要一眼，就完全明白少年的意思。

三王子的狀況比他所知的還要嚴重……太過嚴重了，就連炎狼特有的燃血洗毒都不可能治癒他，遭到侵蝕的部分早已成為不可逆的註定。

「還有多少時間？」

黑色少年淡淡地報出一個對於他們恆遠生命來說，異常短暫的數字。

炎天差點沒失態地一屁股坐到地上。

「你，殊那律恩，你認為本王空有這一身絕對的力量有什麼用。」看著由白踏入黑色世界的少年，有些稚嫩的面孔與他的兄長異常相似……幾乎是一模一樣了，炎天都有點在和小一號的大王子對談的錯覺。

被問了這問題，少年一愣。

「或許由我來說非常不恰當，但是主神對於一切終將有所安排。」少年思索了半晌，仍然波瀾不興地開口：「您的力量，不能在這瞬間隨之殞落。」

炎天在得知慘烈的真相後，剎那間想要放棄一切、乾脆讓位，帶著妻子趕赴女兒身邊的念頭，已經被少年看出了。

「……那是我的女兒，我的寶貝，世界上所有珍寶都無法換之的最愛。」炎天喉嚨乾澀地吐出言語。「可以選擇的話，我寧願承受他們兩人的傷痛與侵蝕，讓他們幸福快樂地活下去，我的生命在此終止也沒關係。」

「我相信，有許多人都是如此想法。」少年漂亮的眼中閃爍了一絲流光，但眨眼即逝。「可……」

「有什麼是本王該做決定的？」炎天注意到對方的遲疑。

少年嘆了口氣，「深，麻煩你了。」

說著，在聯繫影像沒有投映出來的那端，有雙手將一團東西交付給少年。那是白色柔軟的長巾，包覆著小小的物體。

炎天覺得呼吸急促了起來。

舒適蜷在少年懷中的小物體動了動，酣然沉睡的白皙小臉正好讓炎天看得一清二楚，他差點就失控地在對方面前大噴淚。

幼小的生命不知道自己身在何處，彷彿在主神的懷抱中既安詳又帶著無染的純淨安然熟睡，看不見任何瑕疵的柔軟臉龐散發著精靈般微弱的光芒。

雖然有所聽聞，但是親眼見到小生命是炎天的第一次。

他突然覺得剛剛應該要堅持殺入獄界的決定，不管是大是小都搶回來，還可以順便把眼前的少年一起挾帶回來。

狼族的野性可以解決很多事情，包括那些大小聲指使別人該怎樣做的外人，通常他們都會用拳頭處理人事物，才沒有精靈族那麼多顧慮和禮貌，說不定這少年可以在燄之谷好好活著。

「……非常感謝您的厚愛，但是現在我有我的責任與道路，請不用刻意費心。」似乎從狼王深深的凝視中看出想法，少年雖然有些冷淡，卻很誠心地婉謝。「這孩子，未來回歸白色世界有很大的問題，您必須要有心理準備。」

炎天從軟軟的小生命中回過神，有點恍惚地開口：「問題？」接下來少年的話差點讓他整個暴跳大炸毛——

「孩子的身上有著詛咒延續，且相逆的力量很可能會造成失控衝突，他的生命很脆弱。」少年盡量簡化了當中的複雜，順便隱下一些可能讓狼王神經斷裂、直接大爆炸來獄界展開屠殺的嚴重狀況。「在這裡我有信心能夠暫時為他壓制這些問題，但是回到白色種族，時間軌道運行，他的夭折是必然的。」

差點把狼族髒話噴出來，炎天憤怒地揹著手不斷來回走來走去，他自然知道自己的女兒和王子結合之後，孩子可能會發生什麼事情。

通常這樣的混血，會有很大的機率只繼承父母單方的力量，少數繼承雙方的力量，如果雙方原本是相斥種族，還無法完全控制自己的孩子就會有非常大的可能因爲力量失控造成逆流衝擊而身亡。

更別說是種族隱藏在血脈中的「某些傳承」也一併繼承的孩子。

只須一看，炎天就完全看出來這孩子到底流著怎樣的血，小小的身體裡揹負著什麼東西。

心情複雜地盯著幼兒銀白色頭髮中那一點點火紅，炎天突然明白大王子會默許三王子留在黑王身邊的另一個用意。

殊那律恩曾爲精靈族最高精靈術師……雖然本人完全否認，並低調行事，但在炎天收集來的西方情報當中，其實已經非常多人默認這位二王子就是冰牙族首席精靈術師，甚至他所提出分解食魂死靈的方法也早已在東方土地上行之有年，替他們解除很多困擾。

二王子失蹤之後，有心人士與某些時間種族快速抹除他的情報與歷史，但對於他們這些高位者來說，根本不造成影響。

雖然已經進入黑暗，但是堅強的實力擺在那邊。這孩子確實不能待在冰牙族或是燄之谷這兩個擁有世界脈絡的地方，純淨的冰火之力都會引動他一半的血脈造成反噬，所以由黑王照顧說不定是一種最好的選擇，黑王也的的確確有這個能力可以控制孩子身上的詛咒與力量。

但，黑色世界畢竟不是久留之所。

所謂的心理準備，炎天已經徹底了解。

這孩子，不能回到兩族之中。

※

結束了通話，炎天有些無力地在椅子上坐下。

「炎天，收起你的頹勢。」狼神飄浮在半空中，俯瞰著一身悍意全消的狼王。現在在他眼前的男子，像是被剝奪掉大量生命力，瞬間老去，原先筆挺健壯的身軀像少了主心支撐，半垮在座椅上，透出根本不可能有的萎靡老態。

「我他媽女兒要死了、女婿要扭曲了，孫子隨時會翹辮子，還不能頹廢一下嗎！」炎天幾乎是憤怒地暴吼出來。金鈴墮鬼時，他隱隱早有預感，反而沒有如此無力憤怒，但是今天他是眞的感到自己渺小，什麼縱橫沙場，鎭煞所有邪祟……他根本連最疼愛的珍寶都救不了，救不了就算了，連孫子的死活都無力插手，只能眼睜睜看著別人去做這些事情。「你好歹還能選擇自己的末路去拯救所有人！」

「……炎天，注意你的態度。」狼神不鹹不淡地開口：「你知道爲什麼神廟骸骨會多一具。」

炎天狠狠一怔，馬上意識到自己說得太過分。「抱歉，我……」

「無事。」狼神搖搖頭，示意他不用繼續說下去。

狼神骸骨二十二具，但是當年出戰碎體的成員理應只有二十一匹，狼族再怎麼不靠譜，那種大爆炸中再怎麼儘可能收集，殘骸也必定只少不多——有部分早已化灰，無論如何都不可能會多拼一體出來。

這也就說明了一件事——當年爆體的不只那二十一匹狼。

那個年代過於混亂，同時戰死與失蹤的炎狼不在少數，但是在後世的記錄與研究裡，當時燄之谷還有另一名極其重要的存在消失了，所有大小戰役都查不到他殞落的隻字片語，也沒人見到他最終去了何處，所以有許多記錄者都猜測，燄之谷神廟中最爲神祕的第二十二具遺體，很可能……

狼神化出之後，始終沒說過當年力量衝撞的細節，也沒提過多出來的神祕骸骨究竟是誰，至今都還是個謎。

然而，有人陪他們犧牲同殉這件事情，是確定的；無論是誰，他終究隨同那二十一位一起爆體死去，沉默地在崩潰的力量對撞中獻出自己最後一份力量，守護一切，甚至連名字都沒有被留下。

炎天與所有狼族一樣，都知道當年失去的遠比記錄中的多更多，冷汗從背後滑落，他立時感到羞愧不已。

「打起精神吧，已經發生的事情不可逆，現在重要的是如何將所愛延續下來。」狼神在狼王邊上坐下，「還有，這副死樣子離開了神廟就給吾家收掉。你是王，在燄之谷當中只能有王的姿態，狼族無所畏懼，即使身死也該傲然直面，你要笑著送他們走完最後一程。」

「……本王現在只想哭啊。」炎天吸了吸鼻子，「本王就不信精靈王那老傢伙不想哭！」

「吾家覺得他估計比你更想哭。」兩個兒子一個扭曲了，一個即將與愛人蒸發，連孫子都面臨死亡，狼神深深認為對方的淒慘其實不在他們之下。「還有，精靈族來的那個孩子也很不容易，不要太過於欺負。」

「本王明白。」打起精神，狼王直起腰桿，「說起來，外孫小乖乖倒是還有個方法可以解決，順便擺脫那些邪惡的追殺。」

「那必須付出極大的代價。」狼神自然曉得對方的想法。「送離至親，你們都必須忍耐，甚至百千年。」

「嗯，本王已經有所打算，現在的世界局勢與種族廣增，也給了我們休養的時間。」炎天想了想，「可能會引起一些抗議吧。」他都可以看見那些原本就討厭他的勢力又要掀起多大的風波，不過他相信他可以一個個往他們臉上揍過去，揍到他們閉嘴爲止。

「若論代價，或許你會成爲最讓人吐口水的狼王。」狼神見多識廣，大致上能預見燄之谷有哪些損失。

「本王會在最短時間內穩定火流河，到時候他們就會安靜一點了。」張開手掌，金色的火焰躍於掌心，美到如同鍍上一層流金的火焰伸展著自己的身子，有生命般地傳來細小的話語。

「未來，燄之谷將面對更大的衝擊，不在這百年之內，而在更長遠之後，燄之谷必須潛心修練，攢足人手和底氣，屆時才可以重返世界。」

「……到時候，你可別也搞出二十二體骸骨的事情。」狼神淡淡地、細不可聞地嘆了口氣。

炎天笑了。

數年之後，燄之谷與冰牙族不約而同在某一日突然退出歷史，引起了世界極大譁然。

冰牙精靈的蹤跡幾乎完全消失於自由世界當中，不過偶爾，人們還是能見到燄之谷在危難中不經意地伸出援手。

燄之谷的旗幟不再飄揚。

雖說是代價，但也是一種等待。

等待所愛回歸。

等待黑色重返。

等待世界變化。

等待邪惡重燃。

直到命定那天的到來，燄之谷會重返，然後鎮煞邪崇，讓光明與希望繼續維持在人們的容顏上。

〈鎮邪〉完

金鈴！妳並非王，從一開始便不是由狼神認可的本代狼王。而且妳自認為王屠戮子民，早已墮身為鬼！
被傳承的人是我
?!
燚之谷大大小小戰役，有哪一場不是本王毀敵最多，殺敵最深！
你們夫妻不過就是撿現成便宜。
!!
我明白了！原來這就是——
傳說中的宅鬥劇
瓜子要嗎？
謝謝

by 紅麟

國家圖書館出版品預行編目資料

特殊傳說II.恆遠之書篇／護玄 著.
——二版.——台北市：蓋亞文化，2025.08
　冊；公分.

ISBN 978-626-384-219-9（第七冊：平裝）

863.57　　114008981

悅讀館 RE426

特殊傳說II 恆遠之書篇 07

作　　者　護玄
插　　畫　紅麟
封面設計　莊謹銘
主　　編　黃致雲
總 編 輯　沈育如
發 行 人　陳常智
出 版 社　蓋亞文化有限公司
　　　　　地址：台北市103承德路二段75巷35號1樓
　　　　　電話：02-2558-5438　傳眞：02-2558-5439
　　　　　電子信箱：gaea@gaeabooks.com.tw
　　　　　投稿信箱：editor@gaeabooks.com.tw
　　　　　郵撥帳號 19769541　戶名：蓋亞文化有限公司
法律顧問　宇達經貿法律事務所
總 經 銷　聯合發行股份有限公司
　　　　　地址：新北市新店區寶橋路二三五巷六弄六號二樓
　　　　　電話：02-2917-8022　傳眞：02-2915-6275
港澳地區　一代匯集
　　　　　地址：九龍旺角塘尾道64號龍駒企業大廈10樓B&D室
　　　　　電話：+852-2783-8102　傳眞：+852-2396-0050
二版一刷　2025年08月
定　　價　新台幣 280 元
Published and printed in Taiwan

ISBN 978-626-384-219-9

GAEA

Gaea